ベリーズ文庫

姉の身代わりでお見合いしたら、激甘CEOの執着愛に火がつきました

宇佐木

JN229706

STARTS
スターツ出版株式会社

目次

姉の身代わりでお見合いしたら、
激甘CEOの執着愛に火がつきました

プロローグ

秋口になり、だいぶ涼しくなって過ごしやすくなってきた。

そんな中、私、新名幸《にいなさち》は都内にあるホテルを訪れている。

暗めのチャコールグレーのハイネックワンピースは、ジャカード生地の部分がお気に入り。だけど、これはいつぶりに袖を通したものだか……。

今日はそんな些細なことなどゆっくり考える時間もない。

とある事情により、父親がどこからか持ってきたお見合いに出向くこととなっていて、その約束の日が今日。

いざラウンジ内へと一歩踏み出すと、女性スタッフに尋ねられた。

「いらっしゃいませ。一名様でいらっしゃいますか？」

途端に、しどろもどろになる。

「いえ。二名、で……。ええと、予約をしているはずなのですが」

女性スタッフはニコリとして、スッと右手を伸ばして店内を指す。

「かしこまりました。ご案内します」

スムーズに案内されて、ほっとする。けれども、店内を歩いていくにつれ、緊張感に襲われた。

実は今日のお見合いはいわくつき。

もともと名前が挙がっていたのは姉だったのだが、私がそれを勝手に阻止した。

姉には将来の約束もしている恋人がいるが、事情があり、まだ両親に紹介するタイミングではないと私にこぼしていた。

その姉が不在のときに、両親がお見合いの話をしているところに遭遇し、思わず姉を守るために『私がお見合いする』なんて言って手を挙げてしまったのだ。

私は自分のつま先を視界に入れつつ、眉根を寄せる。

今さらながら、大それた行動をしちゃったな……。

「こちらのお席です」

ひとり悶々《もんもん》と考えごとをしていると、女性スタッフがそう言った。

顔を上げれば、そこは店内の最奥、窓際のテーブル席。

見るからに上質そうなスーツを着た男性が席に着いている。

「失礼いたします。お連れ様をご案内いたしました」

男性は女性スタッフに声をかけられると、美しい姿勢でスタッフに一礼し、こちらを見た。

瞬間、私は目を疑う。

女性スタッフが去ってすぐ、彼は椅子から立ち上がった。

「幸さん、お久しぶりです」

さわやかな笑顔と上品な声。引きしまった体つきに、整った目鼻立ち。しかし、今驚くべきなのはそれらじゃない。

ほどよい厚みの唇に笑みを浮かべる彼を見て、ひとことも発せずに固まる。

信じられない……。お見合いの相手って、まさか〝この人〟なの……？

仕事にかまけて相手の釣書もまともに確認せずやってきてしまったことを、今さら後悔する。

動揺する私に、彼は優しい声で「どうぞ」と言いながら椅子を引いてくれた。

彼を直視できないものの、声でにこやかなのが伝わってくる。

すぐそばに立つ彼の正体をくまなく観察したい。だけど、そんな心の余裕はない。

まともに彼と顔も合わせられないまま、席に着く。なんとなく視界の隅で彼も向かい側の席に座ったのを感じ、ますます顔を上げられなくなった。

「会うのは今日で二度目だね」

フランクな口調で話しかけられた言葉に、私はたどたどしく返す。

「……そう、ですね」

そう、二度目――。

彼とは数か月前に出会った。

あのときは、もう会うこともないと思っていたのに、なぜこんな偶然が。

これって、どんな状況なの……！

数分ぶりに目が合った彼は、にっこりと微笑んだ。

「じゃあ、もう俺の誘いを断る理由はないよね？」

初めて会った日の〝約束〟を思い出し、途端に居心地が悪くなる。

「新名幸さん。俺と結婚を前提に交際してください」

予期せぬ再会と告白に、私の思考はもう停止寸前だ。

1．奇妙なお見合い

久東《くとう》百貨店――。日本国内だけでなく、海外にも店舗を持つ有名老舗百貨店だ。

私はそこに大学を卒業して就職し、この春から七年目。さらに、本社商品管理本部の食品・雑貨部門に配属となった。

そこではマーチャンダイザー、いわゆるＭＤ兼バイヤーとして仕事をしている。

仕事内容は、市場調査から始まり、店で取り扱う商品の選出から買いつけ、メーカーとの出店取り引き、現場の監督……と多岐にわたる。

仕事量が多いのもさることながら、売り上げに直結する重要な役目でもあるため、責任重大な仕事だ。だけど私は、この部署に配属されるのを目標に、販売員としてずっと頑張《がんば》ってきた。

世界各国を飛び回っているＣＡの実姉、『來未《くみ》ちゃん』の影響もあり、海外出張で現地のメーカーと直《じか》に関われる商品管理本部に憧れがあったのだ。

そして今、私がいるここはアメリカのワシントン。同部署にいる先輩と一緒に出張に来ているところ。

私が商品管理本部に配属されて、もうすぐ半年。二歳年上の男性先輩である須田《すだ》さんに同行する形で海外出張に来るのは、今回で三回目。

国内でも取引先へ出向いての打ち合わせや交渉の経験も積んできたし、このあたりでまた一歩ステップアップしたいと思っていた。

そんな中、チャンスは予期せず訪れる。あるメーカーの都合で急な予定変更が生じ、夕方の同じ時間帯に二社のアポイントを余儀なくされた。そこで、やむを得ず二手に分かれ、行動することとなったのだ。

須田さんも不安そうではあったものの、事情が事情なため私に一社任せてくれた。

そうして私は無事に取引先にたどり着き、任された仕事をなんとか終えたところ。ほっとしたタイミングで、スマートフォンが着信を知らせる。見れば、須田さんで私はすぐに応答した。

「はい。新名です」

『新名さん、どう？　無事に終わったかな』

「須田さんが、日本語が多少通じるメーカーさんを私に振り分けてくださったおかげで、スムーズにいきました」

『そうか。ごめんな、まだ慣れてなかったのに。でも助かったよ』

「いえ、急なことだったので。少しでもお役に立ててよかったです」

話しながら、充足感でいっぱいだった。ひとつ前進した感じだ。

『じゃあ、どうしようかな。俺のほうはまだもう少しかかりそうなんだけど。お互い今いる場所からなら、ホテル集合が一番効率的だと思う。大丈夫そう？　もうタクシー使っちゃっていいから』

「わかりました。では、のちほど」

今日の私の仕事は終わり。このあと、須田さんと合流して一緒に夕食をとりながら、メーカーと話した内容の共有をするくらい。

時計を見ると、現地時刻で午後五時半。まだ空は明るい。

ほっとしたら急に喉が渇いて、道の脇で立ち止まった。背負っていたリュックを降ろし、ペットボトルの水を取り出そうとした。

防犯意識を持って隠しファスナーリュックにしたため、もたつきながら水を出す。

ペットボトルのふたを開け、口に運ぼうとした瞬間。

「ひゃ……っ」

死角から思いきりなにかがぶつかってきて、すっかり油断していた私はその衝撃で膝をついて転んだ。

ペットボトルが転がる方向へ、体格のいい外国人男性が走っていくのを見た。痛みよりもなにが起こったのか理解するまでに時間がかかり、頭の中は真っ白。しかし、走り去るその男性の手に自分のリュックがあるのを認識し、我に返った。

「ちょっ……だっ、誰か！　リュック！」

慌てるとここがどこだかも考えられなくなって、日本語で声をあげてしまう。驚きと混乱と恐怖と、いろんな感情が混じって冷静さを失った。

あのリュックには企画書や契約書などのデータが入ったタブレットがある……！　データはクラウドで引っ張り出せても、別の問題が……。厳重にパスワードをかけているとはいえ、クラウド内の情報が漏洩する可能性もある。

そんな失態を演じれば、タダじゃすまない。

「どうしてこんなことに……」

顔面蒼白《そうはく》でつぶやくと、自分でも気づかないうちに涙が流れていた。

泣いたって解決しないのは頭でわかっている。だけど、パニックになっていて情緒が不安定だ。制御なんかできない。

私が地面に座り込んだまま絶望していたら、駆ける足音がものすごい勢いで近づいてきた。そして、顔を上げるや否やその人は一瞬で横を通過していく。

いったいなにごとかと目をむいて、走っていく黒髪の男性の後ろ姿を見つめる。角を曲がって姿が見えなくなったあと、再び現実に引き戻された。

リュックは盗《と》られたけど、パスポートや財布はポケットの中。ひとりでさっきの泥棒を追いかけるのは危険すぎる。まずは須田さんに連絡を……。ああ、でも今はまだ商談中かも。なら、まずは警察？　だけどこういうのって、リュックは戻ってきても大抵中身は盗られていて戻ってこないパターン……。

絶望に打ちひしがれていると、荒い息遣いが近づいてくるのを感じて警戒する。

ここでさらに変な人に絡まれたら、もう踏んだり蹴ったり……。

苛立《いらだ》ちと恐怖とでぐちゃぐちゃなまま、恐る恐る目を向けた。すると、日本人男性らしき人が私の前にやってきて足を止める。

その人は、さっき全速力で走って私を追い越していった黒髪の男性だった。

ちょうど座り込んでいる私の視線の高さに見覚えのあるリュックがあって、思わず飛びついた。

「これ……っ！」

私が両手でしっかかとリュックを掴《つか》むと、男性は手を離し、すんなり返してくれた。

自分のリュックが舞い戻ってきたことに歓喜し、安堵《あんど》の涙が次々とあふれ出す。私はリュックを抱きしめた。

「よかっ……たあ」

こんな奇跡があるなんて。

リュックの上からでもタブレットが入っているって感触でわかる。

ほっとするなり、この数分で感情がめまぐるしく変化したせいか、手が震えだす。足には力が入らず腰も抜けて、すぐには立てなかった。

「大丈夫？」

取り返してくれた男性の声にハッとして、彼を見上げた。

まともに正面から顔を見合わせて驚く。

鼻筋は通り、眉は凛々《りり》しい美形な顔立ち。一重瞼《まぶた》の目は怜悧《れいり》でうっかり見入ってしまう。背もかなり高め……一八五センチくらいあるかもしれない。この距離でずっと見上げ続けていたら首が痛くなっちゃう。肌も綺麗ですべてが完璧。年齢は私よりも少し上かな。三十代前半くらいに見える。

これまで出会ったことのないレベルの美しい男性を前に、ぼうっとする。けれども、彼が首を傾《かし》げて微笑んできたことで我に返った。

そういえばこの人、日本語を話した。きっと日本人なんだ。馴染《なじ》み深い髪色や瞳の色、そして言語と、つい気持ちが緩みそう。

「あの！　なんてお礼を言えばいいのか！　これには大事なものが入っていて。本当に助かりました。なにかお礼を！」

といっても、ここじゃ土地勘もなければカフェのひとつも知らないし、コーヒーの一杯もごちそうできそうにない。どうしたらいいかな……。

必死で考え、ひらめいたのは地図アプリ。

首からぶら下げた紐《ひも》を引っ張り、スマートフォンをジャケットの内ポケットから抜き取った。急いでどこかお礼に適した場所はあるかどうか、探し始めたとき。

「お礼とか気にしなくていいので。それより、怪我《けが》してる」

男性に指摘され、膝を擦りむいているのに今気づいた。思いのほか、勢いよく転んだのだろう。脛《すね》のほうまで血が流れている。

血が苦手な私はパッと目を逸《そ》らし、笑顔を作って取り繕う。

「いいんです。仕事道具が戻ってきたなら、それで」

「仕事道具が無事戻ってきたなら、次は手当てを優先しないと」

男性はそう言うとハンカチを出し、ひざまずいて傷口を押さえてくれた。

「あいにく絆創膏《ばんそうこう》は持ってないから、これで」

「よっ、汚れちゃいますよ！」

足を引っ込めようかと思ったものの、すでに患部を強く押さえられてしまって、もう遅い。

申し訳なさを募らせるばかりで、なんと言葉をかけていいかわからなくなる。うろたえている間も、彼は私の傷口を押さえてくれていた。

「痛そうだけど、歩ける？　行き先は遠いの？」

「えっと……土地勘がないので、距離感もあまり」

遠いのか近いのか、はっきり答えられるほど慣れていない。

彼は綺麗に生え揃《そろ》った睫毛《まつげ》を伏せ、私の傷を気にしながらさらに問う。

「これからどこへ行くの？」

一瞬警戒してしまった。だけど、わざわざ泥棒を追いかけて走って、見知らぬ私のリュックを取り戻してくれたうえ、自分のハンカチを惜しげもなく使ってくれた。どうやったって、悪い人には思えない。

「『Zenith《ゼニス》 Luxe《リュクス》 Hotels《ホテルズ》』に……戻るんです」

「ゼニスリュクス？　俺もそこに宿泊している。ちょうどそろそろ戻ろうと思ってたから、一緒にタクシーで帰ろうか」

「えっ。ですが……」

これは本当に偶然なのか、それともなにか謀られているのかわからなかった。

彼はそんな私の顔色を瞬時に読み取ったのだろう。小さく笑い声を漏らしたかと思うと、こう言った。

「心配なら、君がドライバーに行き先を伝えてくれたらいい」

大人になってまで、どこかへ連れ去られるかも、だなんて一瞬でも本気で心配することになるなんて思いもしなかった。

でも、ここまで余裕綽々《しゃくしゃく》で受け答えするんだもの。きっとこの人に裏はない。

身なりもダークグレーのセットアップに白のトップスを合わせ、綺麗で清潔な印象。話し方も理知的、振る舞いも紳士。こんな人を相手にすれば、否が応でも疑えないというか。

「じゃあ……お言葉に甘えて。あ、乗車料金は私が。レシートを社に提出すれば経費になるので」

「んー、そうか。俺が支払うつもりだったけど、レシートがなきゃないで君のほうでいろいろ都合が悪くなるか。なんか俺が得する感じになっちゃうな」

「いえ、そこはお気になさらずに」

出会って間もないし、少ししか会話もしていないけど……この人、すごくスマートな人だ。配慮が自然だし、なにより対応が——頭の回転が速い。

「これあげるよ。とりあえず、少しは止血できたとは思うけど。必要ならタクシーの中でも使って」

私は彼と交代してハンカチに手を添える。そっと傷口から離すと同時に、痛みを感じて顔をしかめた。

「よし、行こうか」

そして、私たちがタクシーに乗ったあと、彼は気を使って私に行き先を言わせた。しかし、発音が違っていたのかうまく通じず、結局代わってもらった。

すると、彼はネイティブスピーカーなの？と思うほど、綺麗な英語を操っていた。

タクシーが走りだして数分経ったとき、彼が突然口を開く。

「あ、やっぱり一か所寄り道しても？」

反射的に警戒心が生まれ、つい訝《いぶか》しんで彼を見た。

「ドラッグストアにね。それ、やっぱりきちんと処置したほうがいいだろ？」

「あっ」

そういう？　勝手にあらぬ誤解をしてしまって、申し訳ない。

「でしたら自分で」

「君は患部を押さえていたほうがよさそうだ。また血が滲《にじ》んできてる」

そう言われて自分の膝を見れば、確かにまだ止血できてはいない。

彼はドライバーに流暢《りゅうちょう》な英語で話しかけ、道中のドラッグストアに停まらせた。

居たたまれない気持ちで、彼の買い物が終わるのをタクシーの中で待つ。

窓から外の景色を眺める。気づけば日が落ちてきていた。

彼は数分でタクシーに戻ってきて、その後無事にホテルに到着した。

ロビーへ向かう間、彼の背中を見ながら伝えるべきことを整理する。

まずはお礼。それと、このハンカチ代と、彼が持っているドラッグストアでの出費分の支払い。ハンカチはどのくらいの値段が妥当だろうか。

私はさりげなく手の中に握るハンカチに目を落とす。

コットンとシルクの混紡の白いハンカチで、綺麗にアイロンがけされていて清潔感がある。よくよく見ると、下面にうちの百貨店にも入っている有名ブランドのロゴがあり、衝撃を受けた。

まさか、こんな高級ブランドのハンカチを行きずりの人の傷口にあてがうために、躊躇《ちゅうちょ》なく差し出すなんて！

驚きを隠せず男性を凝視していると、ふいに彼がこちらを振り返る。

「あのソファに一度座ろう」

なぜ？と思ったのが、またもや表情にも出ていたらしい。彼は一笑して言う。

「傷の手当てするから。さすがに女性の部屋に入れないだろ？　だからここで」

『なるほど』と心の中で納得し、同時に重ね重ね申し訳なくなった。

「えっと、大丈夫です。私、自分でやりますから」

「結構いってたよ？　それ」

彼はそう言って私の患部へ視線を向ける。

確かに彼の言う通り、傷口が『結構いってた』のはタクシーの中でなんとなくわかっていた。

ハンカチにこれだけ血液が付着していればね……。そんなふうに考えていたら、徐々に痛みも増してきた気がする。じんじんする左膝の傷が気になるも、勇気が出なくて直視できない。

結局、少し悩んで彼の厚意に甘えることにした。

「お……お願い、します。本当にすみません……」

「うん。君は手当てしている間、その大事なリュックを抱いていて。ホテル内でもすられることはあるから」

「は、はい！」

この人といてすっかり気を抜いていた。ここは海外だと改めて認識し、ソファに座って大切な荷物を両手で抱きしめる。

「痛いだろうけど、ちょっと我慢して」

ドラッグストアの紙袋から、消毒液とガーゼを取り出すのを見て、ぎゅっと目を閉じた。

痛みに声を漏らしそうになるけれど、どうにか堪《こら》える。次第に優しい手つきに癒やされて、うっすら瞼を開けた。ちらりと彼を見ると、目が合う。おもむろに「ふっ」と笑う彼にドキリとした。

「終わったよ。あんまり治りがよくなかったら、ちゃんと病院に行ったほうがいい」

「ありがとうございます」

痛みを我慢しながら無意識に力んでいたらしい。全身の硬直がふっと緩んだタイミングで、私のスマートフォンに着信が入った。

今、着信が入るとしたら相手は須田さんしかいない。そう思って目の前の彼に頭を下げ、スマートフォンを確認する。やっぱり発信主は須田さんだ。

「すみません。ちょっと、職場の先輩からで」

「どうぞ」

彼の承諾を受け、私は体を横に向けて少し小さめの声で応答する。

「はい。新名です」

『あ、新名さん。今どこ？』

「今はもうホテルに戻っていますが」

『あー、やっぱりそうだよなあ』

さっきの電話でホテル待ち合わせと言ったのは須田さんなのに、不思議な反応をするものだからきょとんとする。

「どうかしましたか？」

『実は先方に急遽《きゅうきょ》食事に誘われて、同行することに』

「えっ」

『まだ道中なら、新名さんにこっちまで移動してもらおうかな、と思ったんだけど』

食事に誘われるということは、取引先の方によく思われているのだろうから喜ばしいことだと思う。……とはいえ、突然すぎてうまく頭が働かない。

電話口の須田さんもどこか急いでいる雰囲気があったため、勢いで尋ねる。

「私、今からホテルを出て向かいましょうか」

『あ〜、いや。うーん。あと数十分もしたら暗くなるだろうし、今から女性ひとりで移動させるのはちょっと心配だ。ただ、今夜ひとりで食事させることになっちゃうけど、大丈夫かな？』

「私のことならご心配なく。ホテル内にもレストランがありますし」

最悪、ひと晩くらい食事をしなくても……という思いが頭をよぎる。

須田さんは電話越しに申し訳なさを滲ませた。

『悪い……。俺も予期せぬ展開で……』

「いえ、お仕事じゃないですか。私のことは心配なさらずに。はい。では明日の朝、部屋の前で」

『ありがとう。あ、でも緊急でなにかあったら電話してね』

私は「はい」と返答し、通話を切る。

いろいろと予定通りにいかないものだな、と思い耽《ふけ》っていると、通話が終わるのを待ってくれていた男性が首をひねる。

「同行者と別行動になったの？」

「ええ。あ、お待たせしてごめんなさい。手当てもありがとうございました。今、手持ちがあまり……あ、日本円合わせれば大丈夫かも」

ソファから勢いよく立ち上がり、ポケットから財布を取り出した瞬間、距離を詰められる。視界は彼の体で埋め尽くされ、時間差でふわりとさわやかな香水の匂いが届いた。

まるで抱きしめられている錯覚をしてしまいそうな距離に、どぎまぎする。

「こら。こういう場所で無造作に財布を出したらだめ」

頭上に彼の声が落ちてきて、お互いパーソナルスペースに踏み込んだ状態にいるのだと認識するとますます動転する。

慌てて両手で財布を隠すようにしてから距離を取った。

「す、すみません。つい」

心臓がバクバク騒いで静まらない。

日常で男性にこんなに近づくことなんかないもの。

気づかれないように、急いで気持ちを落ちつかせていると、彼はひとつも変わらぬ様子でひとこと言う。

「お金はいらないよ」

「そういうわけにはいきません」

さすがにいろいろとお世話になりすぎだ。そう思って断るものの、彼の表情に目を奪われて次の言葉を考える余裕さえなかった。

そんな屈託のない笑顔で、まっすぐに見つめられたら……。

「だったら、その代わりに時間をくれる？」

突飛なお願いに、思わずよくない想像をしてしまった。

構える私など関係なく、彼は堂々と上品に微笑み続ける。

不安をどうにか打ち消し、おずおずと尋ねた。

「それは、具体的にはいったいどういう……？」

「ちょうど俺もひとりで食事をしなきゃならなかったから。一緒に食事してくれたら、有意義に過ごせるなと思ってね」

彼は奥のレストランを指さした。

「食事を一緒に……」

変なことを考えて疑って恥ずかしい。

とはいえ、冷静に考えて、私が一緒に食事するくらいでお世話になったお礼になるとは到底思えない。まあでも、彼が有意義な時間を過ごせると思っているのなら、こちらも断る理由はないか……。行き先も、ホテル内のレストランみたいだし。

私は姿勢を正して彼と改めて向き合うと、ぺこりと頭を下げた。

「そういうことでしたら、ぜひご一緒させていただきます」

それから、レストランに移動する。店に入って彼がスタッフと挨拶を交わすと、すぐに案内された。先ほどのスタッフとの親しそうなやりとりから、どうやら彼はここをよく利用しているらしいことがわかる。

席に着き、彼に渡されたメニューを開くなり、思わず眉根を寄せる。

写真のないメニューって、こんなにわからないものなんだ。わかりそうなメニューもあるけれど、全部『なんとなく』だ。

私があからさまに戸惑っていたからか、彼はスマートに助け船を出してくれる。

「よかったら、なにか手伝おうか？」

「いいですか……？　なにからなにまで、すみません。写真がないとイメージが湧かなくて……。ありがとうございます」

そうして彼は私の好みなどをいろいろと確認したのち、よさそうなものをチョイスしてくれた。

オーダーが済んでひと息ついたところで、彼が笑う。

「そういや、名乗るのが遅れたな。俺の名前は菱科京《ひしなけい》」

「あっ、確かにいろいろあってすっかり。私は新名幸と申します」

私は深々と頭を下げた。

「幸さん。縁起のいい名前だね」

「そうですね。祖母の案だったようで、自分でも結構気に入ってます」

柔《やわ》らかく目を細める菱科さんに、ドキッとする。

それから、運ばれてきた料理を口に運ぶも味わうどころでなく、必死に話題を探っていた。どんな会話をしたらいいのかわからなくて。

というのも、私にはこうして男性とふたりで食事に行くことなど、ほとんど経験がないからだ。

大学時代は同級生と大勢で行くシチュエーションが多かった。唯一付き合ったことのある元恋人も、その同級生の中のひとり。そのため、今みたいな緊張感を経験したことがなかった。

まして、菱科さんは紳士的なうえ、美しい容姿まで合わせ持つ魅力的な男性だ。平常心でいろというほうが無理な話。

「急に手が止まったけど、思ったものと違った？」

菱科さんに指摘され、慌てて笑顔を作る。

「え？　あっ、違います。美味《おい》しいです」

「無理しなくても、もし苦手なら別のものを」

「いえ、本当に！　私、集中しすぎると同時にふたつのことができないタイプで……。さすがに、車の運転とか歌いながら料理するとか、そのくらいはできますけど」

私、なにを口走ってるんだろう。話せば話すほど墓穴を掘っている気がする。

けれども、同時にふたつのことができないというのは本当のこと。

現に今も、どのように話を弾ませるべきかを考えすぎていて食事を疎かにしてしまっていた。

彼は初め目を丸くしていたが、ふいに小さな笑い声をこぼした。

「集中しすぎて、か。なるほど。つまり、食事以外のなにかに気を向けていたという話かな。それは興味深い」

そう言って再びくすくすと笑いだす彼を見て、慌てて答える。

「あの、まったく別のことを考えていたわけではなく！　どんな話をしたらいいかと考えていただけで」

「そうだったんだ。料理が口に合わなかったか、それとも具合でも悪くなったのかと心配したから、そうじゃなくて安心した」

菱科さんがほっとした様子で言うものだから、私はますます居たたまれなくなる。

「すみません。お礼もできずに気を使わせるだけで……というか、そう。お礼を！」

「そんなこと気にしないでいいよ。大体、この時間がお礼って話になってただろ？」

彼の声や表情から、本当にそう思ってくれていることは伝わってくる。

だとしても、これが本当にお礼になっているのかどうか。

彼は海外慣れしている。有意義に過ごす方法はほかにいくらでもありそうだもの。

モヤモヤとしながら食事を進めていると、菱科さんは穏やかな口調で言う。

「俺は君とこうして過ごすだけで楽しいんだ。でも、会話に困っているというなら、幸さんの熱中しているものとか、そういう話を聞かせて」

「私が熱中しているもの？」

私がつぶやくと、彼はニコリとして頷く。

今、私が夢中になっていることといえば……。

「仕事、ですかね。面白《おもしろ》みのない答えだとはわかっていますが」

「仕事？　そうなんだ。いいね、ぜひ詳しく聞かせて」

菱科さんが嫌な顔ひとつせず肯定してくれるものだから、私は話を続ける。

「私は商品の買いつけや出店の交渉を行う仕事をしているんです。ほかにも販売戦略などにも関わったり」

「ああ、ＭＤ兼バイヤーだね」

「そうです！　憧れていたポジションにようやく就けたので頑張りたくて。今回は出張で日本から来ているんです」

私は初め、久東百貨店に就職できれば満足だと思っていた。私の面倒を見てくれていた祖母がよく連れていってくれた、思い出深い久東百貨店に。

だけど、いろんなフロアで販売員として携わっていくうち、商品管理本部の仕事に興味を抱くようになった。

何年も販売員として店頭に立ち、『こんな商品もあるの』『こんなものを探していたの』と喜びの声を受けてきた。そんなふうに感じてもらえる、感じさせる商品を探し、選び、時には商品を作る――そんな仕事に意識が向くのは自然なことだった。

そして、いざＭＤ兼バイヤーとなったら、この仕事がなかなか難しい。

単純に世間で人気があるから、売れているからという視点で商品を選ぶだけではだめ。うちにはうちのお客様がいて、常にそのお客様と我が百貨店ブランドを意識するようにと教わったばかり。

そういうことを含め、やっぱりやりがいがあって、これからもっと頑張りたいと思っているところだ。

熱い思いを自分の胸の内で再確認していると、菱科さんの視線に気づき顔を上げる。

彼は、まるで私しか見えていないのではないかと錯覚させられるほど、ジッとこちらを見ていた。

さらに、微笑ましく思ってくれているような優しい表情をしていて、なんだか気恥ずかしくなる。

「えっと、そちらもお仕事でこちらに？」

動揺をごまかすべく、こちらからも似たような質問を投げかけた。

「そう。海外赴任も三年くらいになるか」

彼はさらりと答えたのち、プレートのお肉を平らげた。

海外赴任かあ。どんな仕事をしているんだろう？　もう少し踏み込んで聞いてもいいものなのかな？　それとも、あまり深掘りするのは失礼になるだろうか。

ふと、姉が頭に浮かんだ。

四歳年上の姉は、私と違い、街を歩けばみんな振り返るような美人。ＣＡという華やかな職も相まって、男性からのアプローチが絶えないのを知っている。

そんな姉が、初対面の異性からいろんな質問をされることが鬱陶《うっとう》しいと話していたのを鑑《かんが》みると、容姿端麗な彼もまた同じような気持ちなのではと思った。

ひとり心の中で勝手に分析していたせいで、会話が途切れる。

販売員のときに培った会話術はどこへ……。接客や仕事中ではない状況下だと、途端に応用力がなくなるなんて。

内心ため息をついていると、彼が間を繋《つな》ぐ。

「いつ帰る予定なの？」

「明日です。最終日に見本市に行ってから、その足で空港へ」

「そう。忙しそうだね」

「確かに、海外出張もそう頻繁には組めないらしくて、出張となれば短い期間にぎゅっと予定を詰め込むみたいなんですが。でも、毎回刺激と学びがあって、楽しいんです」

すると、彼はふいに頬杖をつき、口元に笑みを浮かべる。

「いいね。だけど、あまり仕事にのめり込んでしまうと――」

その言葉の先を予測して、心の扉をそっと閉じる。

私が最も苦手としている言葉を突きつけられる。そう思って密《ひそ》かに身構えた。

「体を休める時間も惜しくなってくるだろうから、それだけは気をつけて」

しかし、想像とは違う反応が返ってきたものだから、思わず目を瞬かせた。

「あ……はい」

てっきり、良縁がこないとかかわいげがなくなるとか、そういったネガティブな感想を告げられると思ってしまった。

咄嗟《とっさ》にそんな考えに至ったのは、過去に仕事が原因で恋人に振られた経験があるためだ。

仕事と恋愛の両立というものが、私にとっては難しい。というか、今の私は仕事に比重を置いていて、そのほかのことをどうにもあとに回しがちだった。

そういう自分をわかっているから、今はもう『仕事と恋愛の両立』を目指すのはやめようと決めている。

「ご心配ありがとうございます。確かに私、健康管理を疎かにしがちなんです。そのせいか、社会人になってから爪も割れやすくなっちゃって。最近は本当に時間もなくて最低限のケアだけに……ってこんな話、恥ずかしい限りなのですが」

販売員の頃は、接客業なのもあり爪も髪も手もケアに気を配っていたのだけれど。

私は自分の手をさっと隠し、一笑する。

「でも、小さい頃からずっと好きだった場所で仕事できることがうれしくて、楽しいんです。ほかのことを考えられないくらいに」

彼は頬を緩ませながら私の話を聞いてくれるから、つい止まらなくなってしまう。

「今はネットで買い物が済む時代で、それは楽でタイパもコスパもいいのはわかります。でも実店舗はそこに人がいて、ブランドそれぞれの雰囲気もあって。私はそういうひとときを提供することに意義を感じるんです」

気づけばうっかり熱く語っていたと我に返り、彼の顔色をうかがった。

こういう話を友人にすると、初めは耳を傾けてくれるものの次第に私がひとりで盛り上がる図となる。そして、決まって『もうその話はいいよ』と白けた雰囲気になり、そのたび口を噤《つぐ》んできた。

だけど、目の前の彼からは『面倒くさい』といった様子は感じられない。むしろ、見守るような優しい眼差《まなざ》しを向けてくれている。

仕事の話を好きなだけしても、きちんと受け止めてくれることがうれしい。

「同感だ」

さらには共感までしてもらえるなんて――。

心底驚き、彼の瞳に目を奪われる。

その目を見ていると、私の話に心から興味を持ってくれているのだと、都合よく受け止めてしまいそう。

ふいに胸の奥に不思議な感覚を抱き、なんだか急に彼を直視できなくなった。

なに、この動悸《どうき》は。食事も終盤で、ここまで二時間近くこの人と向き合っていたのに急に恥ずかしく感じるなんておかしい。

私は自分が抱いた違和感を打ち消して、食後に大好きなカフェオレを飲む。

食事も終わり、「そろそろ出ようか」と菱科さんが席を立った。

私も彼にならって急いで立ち上がろうとしたとき、椅子の脚につま先を引っかけて体がつんのめる。

「きゃっ」

周囲に掴まるものもなく、そのまま膝をついて転んでしまうと思った矢先、力強い腕に支えられて事なきを得た。……が、無事だったことにほっとするのも束《つか》の間《ま》、菱科さんの腕の中にいる現状に動揺する。

「大丈夫？　これ以上怪我されたら、さすがに心配だ」

「ごめんなさい。お手を煩《わずら》わせてばかりで……」

みっともないところばかり見せている恥ずかしさと情けなさから、俯《うつむ》いて謝った。

すると、視界に厚くて大きな手のひらが映り込む。

それが菱科さんの手だとすぐわかり、パッと顔を上げた。

「どうぞ」

菱科さんは私のドタバタに巻き込まれていても顔色ひとつ変えず、穏やかに笑みを浮かべながらこちらに手を差し出していた。

さながら、どこかの貴公子みたいに気品に満ちた彼の振る舞いに、ただただ恐縮するしかない。

私はそっと手を重ねた。

「重ね重ね……すみません」

ぽつりとこぼし、菱科さんをちらりと見上げた。

彼は手を軽く握ると、私の耳元でささやく。

「謝る必要はどこにも。素敵な女性をエスコートできて光栄さ」

低くどこか甘やかな声が直接耳孔を通り、胸をドキッとさせる。なにもかも彼に翻弄されるばかり。

そんなシチュエーションでも転ばずに済んだのは、彼の頼もしい手のおかげだったと思う。

レストランを後にし、再びロビーに戻った際、彼が尋ねてくる。

「明日の朝は何時集合？」

「八時半です」

答えながら、現地時間に合わせている腕時計を見る。

今は午後九時前。このあと部屋に戻ってシャワーを浴びて……明日の準備もしなくちゃ。

「なら、上でもう少し一緒にどう？」

頭の中でこのあとの流れを考えているところに、思いも寄らない言葉をかけられ、一瞬思考が停止した。

『上』って、宿泊している部屋ってこと……だよね？

「ええと……」

「結構雰囲気のいいバーなんだけど、お酒以外もあるよ」

部屋ではなくバーとわかり安堵したけれど、やっぱり動揺はしてしまう。

目を泳がせてどう答えるべきかと考えている間に、菱科さんはさらにストレートに誘ってくる。

「もっと話したい。君と」

こんなふうに、『もっと話したい』だなんて言われたことがあっただろうか。

彼との食事はとても楽しかった。だけど、私はここへは出張で来ている。さっきの食事は、あくまで助けてくれたお礼という名目上でのこと。

とはいえ、やっぱり無責任に近づいてしまっていた。

ここが海外ということや、彼には恩義があって〝親切な人〟という第一印象を受けたために、普段と比べ安易に心を許してしまっていたかも。

「ごめんなさい。これ以上は……」

私は両手を前に揃え、頭を下げた。

「だめ？」

ひとこと聞き返され姿勢を戻すも視線は上げられず、手をぎゅっと握る。

「そ、その……今さらですが、しょ、初対面ですし！　仕事で来ていますし！」

ふたりきりで食事をし、ごちそうにまでなって、本当に今さらな発言だとは自分でもわかっている。だけど、初対面の男性に誘われる場面に遭遇したことがなく、うまく対応できない。

心臓がドクドク大きな音を鳴らしている。

もしも彼にもうひと押しされたら、冷静に断れる自信はない。

すると、菱科さんが小さく笑う。

「確かに初対面だったな。君の言う通りだよ。困らせて悪かった」

彼は出会った瞬間から、ずっと紳士的だった。

今もまた、きっと私が気まずくならないように雰囲気を意識して気遣ってくれている気がする。

脳内であれこれ考えている間に、彼が一歩近づいてきた。

反射的に彼を見上げた瞬間。

「その代わり、次に会ったときは俺に時間をくれるって約束して？」

低く艶やかな色っぽい声に足の力が抜け落ちそう。

どうにか堪えて一歩後ずさる。彼の微笑みはさわやかなもので、下心があるようにはまったく見えなかった。

本気なのか社交辞令なのか、判別できない。こんな約束を交わしちゃっていいの？

菱科さんは、至近距離でうっすら唇に笑みを浮かべて返答を待っている。

気持ちが落ちつかない私は、あたふたとして口を開く。

「そ……そうですね。もし次、会うことがあれば……」

連絡を取り合う仲でもない人との『次』なんて、そうそうあるものではない。

でも、この場ではそう答えるのがスマートだと思った。

菱科さんは残りの絆創膏や消毒液が入った袋を手渡し、ひとこと言う。

「じゃあ、約束」

そうして私の目を覗《のぞ》き込み、笑顔を残して去っていった。

茫然《ぼうぜん》と立ち尽くす私は、ひとりになってもすぐに動けなかった。

『約束』を守る日が訪れる可能性はゼロに等しい。だって世界はとても広い。

なのに、菱科さんの別れ際に見せたどこか力強い瞳を思い出すと、なんだか心が落ちつかなかった。


——二週間後。

海外出張から無事に帰国した私は、今日までいつも通り仕事に明け暮れていた。

ようやく関わっている仕事がひと区切りついたため、今日は都内の病院に行こうと決めていた。

小さい頃から面倒を見てくれていた祖母が入院しているのだ。

祖母は若い頃に乳がんを患った。あの頃は祖母も五十代前半で体力もあり、また病気の発見が早かったため大事には至らなかった。しかし、約十年後に再発。さらに最近肺への転移も見つかって、治療を続けている最中で入退院を繰り返している。

多忙な両親に代わり、幼い頃の私や姉の面倒を見始めてくれたのは、すでに一度病気が発覚し、治療を終えたあとのことだった。

病院に着いたのは午後七時前。

私は病室に入り、祖母のベッドまで音を立てないよう歩みを進める。

祖母の病室は四人部屋で、ベッドはすべて埋まっている。もう夕食も終わったあとだからか、みんなカーテンを引いて静かに過ごしていた。

私は周囲に配慮し、祖母のカーテン越しに小声で呼びかける。

「おばあちゃん」

「あら。その声は、さっちゃん？」

祖母の応答を受け、私はカーテンの隙間から、そっと顔を覗かせる。祖母はベッドの上で横向きに寝転がっていた。

「当たり。ごめんね。寝てた？」

「ううん。横になってただけ」

ゆっくり体を起こそうとする祖母を見て、すぐに手を伸ばし体を支える。目尻に皺《しわ》を増やして「ありがとう」と言う祖母に、私も微笑み返した。

「仕事は落ちついたの？　前に来てくれたとき、今度は今までよりもさらに忙しいところに換わったって話してくれたじゃない」

私はベッドの横の丸椅子に腰を下ろしながら答える。

「うん。でも今日は早く終わったから。これ、お土産。本当はもっと早く渡しに来たかったんだけど」

バッグから手のひらに収まるサイズの紙袋を取り出し、祖母に渡した。

「お土産？　どこに行ってきたの？」

「アメリカまで。今の仕事は海外出張もあるんだ」

「えー、そうなの。すごいわね」

祖母は感嘆の声を漏らしつつ、「わざわざありがとう」とお土産の包みを開いた。

「なにかしら……まあ。これは置き物？」

「そう。ワシントンの観光名所のスノーグローブなの。振ると雪みたいに中の紙が舞うんだよ」

「あら、本当だ。綺麗ね」

「あともうひとつ入ってるでしょ？」

「ふたつもお土産があるの？」

祖母は驚いた顔で、再び紙袋に目を落とす。そして、中からスティック状のものを取り出した。

「リップクリーム。おばあちゃん、薬の副作用で唇が乾くって言ってたから。気休めかもしれないけど」

「まあ……そんなこと覚えてくれていて。本当にうれしい」

顔を綻ばせる祖母を見て、胸が温かくなる。

祖母は昔から久東百貨店がお気に入りで、洋服や小物、贈答用のお菓子などはすべてといっていいほど久東百貨店で買い物をしていた。

そして、私が祖母の買い物についていったときには決まって、上階のレストランでケーキやパフェをごちそうしてくれる。

子どもながらに、百貨店のレストランを訪れることは贅沢で、特別なものだと認識していた。だから、祖母と一緒に久東百貨店へ出かけるときはドキドキしていた。

あの感情を今でも大事にしていて、お客様に同じような気持ちを感じてほしいと願って仕事と向き合っている。

「さっちゃんは、いい人いないの？」

ふいうちの質問に、思わず目を見開いて固まった。

これまで、恋人についての話題は出ることがなかった。だから余計に、初めてそんなふうに聞かれて戸惑った。

「あー、うん。今はね。別にいいかなって。ほら、私不器用だし。仕事に熱中してるときって、ほかが疎かになっちゃうんだ」

「確かにさっちゃんは昔からそうよねえ。集中力は素晴らしいんだけど、満遍なくっていうのが苦手だものね」

祖母は穏やかな口調でそう言って笑った。小さい頃から面倒を見てくれていた祖母だから、納得する部分があるのだと思う。

しかし、笑っていた祖母が、ふいにぽつりとつぶやく。

「そんなさっちゃんだからこそ、誰かいい人がいてくれたら安心なんだけどねえ」

祖母の体は、昔と比べひと回り小さくなった。そんな祖母が背中を丸めると、さらに小さく弱々しく見える。

祖母は顔を上げて私をまっすぐ見ると、目尻を下げた。

「まあ最後に決めるのは、いつだってさっちゃん自身だけどね。あんまり頭から『不器用だから』ってあきらめないこと。大抵のことは、自分以外の誰かと関わりがあって、助け合えるんだから」

「うん。わかった」

それから少しだけ雑談をしたのちに、病室をあとにした。

駅に向かう間、祖母からかけられた言葉を反芻《はんすう》する。

不思議と、両親に言われるよりも祖母に言われたほうが素直に頷ける。それは昔からそうで、今も変わらなかった。

それにしても、大人になっても、まだ心配させているんだな……。

祖母が病気とわかった幼少期から、意識的に『しっかりしよう』と思って背伸びしてきた。おかげで家事全般は問題なくこなせるし、希望した企業に無事就職もできて、自己採点で言ったら百点満点だ。

だけど、祖母にとってそれは安心材料のひとつであって、手放しで安心できるというわけではないらしい。

この先、何十年と続く長い人生を真剣に考えたときに、助け合える『誰か』が私のそばにいたら――。

祖母は私を思って、あの言葉をかけてくれたのだろう。

私だって、本音を言うなら恋愛にまったく興味がないわけではない。就職した直後は、学生の頃から付き合っていた彼氏と続いていた。

けれども、私が仕事で頭がいっぱいになって、時間的にも気持ち的にも余裕がなくなってしまって。

最後には彼氏の浮気が発覚し、『お前は不器用すぎて疲れる』と言い捨てられた。

反論もできずに俯いた私は、あれからずっと仕事を優先し、恋愛を遠ざけている。

それでも、ときおり気づいてしまう。

この先、ひとりで居続ける準備もなければ覚悟もないということに。


その後も変わらず仕事に追われ、数日が経った。

次の企画会議を前に、流行は巡ることを考え、仕事終わりに実家にあるひと昔前のアルバムにヒントを求めることにした。

私はひとり暮らし歴四年。就職して数年は実家から通勤していたのだけれど、片道一時間以上の距離だったため、勤務先に近い場所でアパートを借りた。通勤時間を仕事に費やそうと考えてのことだった。

実家に到着すると、家の中は電気がついていた。

実家は二世帯住宅。祖母は入院中だから、今は父と母のふたり。姉はとっくに自立してひとり暮らしをしている。

急に帰ってきたから驚くだろうな、なんて考えつつ玄関のドアノブに手をかける。

今日帰宅するということを母に連絡しなかったのは、あえてのこと。

母は私や姉が『帰る』と伝えると、食事の準備を張りきりすぎるから。

その気持ちはとてもありがたいのだけれど、母の張りきり具合ときたら、さながらパーティーかのように盛大な食卓に仕上がるのだ。

母の手料理は美味しいが、今日は必要なものを揃えたらすぐ自宅へ戻って仕事をするつもりでいたため、連絡を控えてしまった。

玄関に入ってすぐ、紳士ものの革靴が目に入る。

父もいるのだとわかり、私は父の革靴の横でパンプスを脱いだ。

廊下からリビングに向かって声をかけようとしたとき、母の驚いた声が聞こえてきて思わず口を閉じる。

「お見合い⁉　どうしてうちにそんな話が？　お相手はどちらの方なの？」

お見合い？　って、あのお見合いのことだよね。え？　どういう話？

私も母同様に衝撃を受け、なんとなく話の腰を折りたくなくて廊下でこっそり耳を澄ます。

「確か久我谷《くがたに》グループの関係者だとかなんとか……年齢は來未のひとつ年上らしい」

父の返答に目をむく。

久我谷グループ？　それって、久東百貨店の親会社じゃ……。

驚きで固まっていると、再び母の声がする。

「まあ……。そんな方とのお見合いが？　でも來未も今年で三十三になるものね。お見合いなんて聞いて驚いたけど、前向きに受け止めるのもいいかもしれないわね……。あの子、仕事ばかりでそういう話をひとつもしたことがないし」

母はなにごとにも前向きで明るいタイプ。同時に、こうと決めたら突き進む勢いを持っているのだけれど、それがこんなところで発揮されるとは。

でも、絶対だめ！　來未ちゃんにお見合いなんて！　だって、來未ちゃんにはもう心に決めた人がいるって知ってるもの。

私は姉とは、休日が重なったときには一緒にランチに行ったりするくらい仲がいい。だから家族の中で私だけ先に、将来を約束している人がいるって聞いていた。

なんでも、世界各国を回るフリーのカメラマンだとか。姉も姉で国際線のＣＡで、今はチーフパーサーに昇格し、世界中を飛び回っていて忙しそう。

そんなふたりの恋愛は一般的な恋人とはちょっと違っていて、頻繁に会うことはできないものの、いつか一緒になろうと誓い合ったと照れくさそうに教えてくれた。

昔から凛《りん》としてかっこよく、憧れる存在だった姉のかわいい一面を見て、こちらまで幸せな気分になったのだ。

頭の中で回想していたところに両親の会話が耳に届き、我に返る。

「そう言われたら、悪い話じゃないのかもなあ」

「そうよ。会うだけでもいいじゃない。なにも絶対に結婚成立させなきゃいけないわけじゃないんでしょう？」

話の展開にいよいよ焦りが抑えられなくなった私は、リビングのドアを勢いよく開ける。同時に両親の顔がこちらを向いた。

「えっ……さ、幸⁉　帰ってきてたの⁉」

「今のお見合いの話……絶対受けなくちゃだめなの？」

母の言葉に答えもせず、緊迫した心情で父に尋ねた。

「いや……。あ。でも、先方の顔を立てたほうがいいのかもしれないな……」

姉の顔が脳裏によぎる。

姉ははっきりとした性格だ。この話も、聞かされた瞬間断ると思う。

だけど、そうなった場合に断りを入れる役目の父に対し、多少なりとも負い目は感じるはず。なにより、姉なりに恋人を紹介するタイミングを考えているだろうから、こんな不測の出来事によって計画が崩れるのは本意じゃないと思う。

そうかといって、恋人の存在を隠してお見合いを断るのも、きっと姉なら恋人に申し訳ないと感じそう――。

今のはすべて、私の勝手な想像ではある。それでも、やっぱりここで阻止しておきたい気持ちが抑えきれず、衝動的に口が動いた。

「私が代わりに行く……！」

突拍子もない宣言に両親はぽかんとする。

「なにを言ってるのよ、幸。これは來末に来た話で」

「お願い」

必死な私に疑問を抱いたのは、もちろん母だ。

「なんでそんなにお見合いに前のめりなの？　幸は今、仕事しか興味ないでしょう」

鋭い指摘に内心慌てる。追い込まれていたそのとき、ふいにこの間祖母がこぼしていた言葉が頭に浮かんだ。

「しょ、将来的に安心したい……というか。させたい、というか。その、お母さんにもお父さんにも……おばあちゃんにも」

この感情は、まるきり嘘なわけでもない。祖母の『誰かいい人がいてくれたら安心なんだけどねえ』という言葉が、まだ胸の中で燻《くすぶ》っている。

もしも『いい人』と出会えたら、きっと祖母は心から安堵して、『よかったわね』って喜んでくれる。

そんなところまで想像していると、母はひとつ息を吐く。

「なるほど。幸はおばあちゃん子だものね……」

「來未ちゃんには、なにも言わないで。もしかしたらその話、相手側から私でもいいって言われるかもしれないから」

母と父は顔を見合わせて考え込む。

父は、確認はするけど期待はしないでくれと言い、ひとまず私の意見を受け止めてくれた。


あれから一週間。

仕事に追われて実家に行く暇もなく、慌ただしく過ごしていた。

だけど夜には、寝る間際にお見合いの一件が一瞬頭をよぎる。

お見合いなんて身近でも経験した人がいないからよくわからないけれど、未婚の姉妹がいればどちらでも候補になりうるのかな。家と家の縁を結ぶ意図で持ち上がる話なら、どちらが相手でも目的は達成されるし、ない話ではない……と思いたい。じゃなきゃ、これ以上は私にはどうやったって姉のお見合いを円満に阻止する方法が浮かばない。

とにかく、今は父からの連絡を待つしかない。

出社前に歯を磨きながら、鏡の中の自分と向き合い、今一度気持ちを固める。

そして、その日。残業中に父から電話をもらったけれど出られなかった。

終業直後に留守電の代わりに残されていたSNSのメッセージに気づき、意を決して内容を確認する。

【例の話、幸で大丈夫だっていうけど、本当に話を進めてもいいのか？】

その一文を確認し、無意識に深く息を吐いていた。

やった……。まずはよかった。これで姉は面倒に巻き込まれずに済む。

【うん。お願いします。ありがとう、お父さん】

すぐさま承知の返信をして、スマートフォンをバッグに入れる。

エレベーターに乗って一階ロビーを目指す間に、ふと疑問が湧いた。

姉に代わって私でもいいって……確かに一瞬それを期待したけれど、実際にそうなると、疑問が湧いてくる。それはつまり姉や私という個人を見ていたわけではなく、新名家であればよかったということ。……でも、なぜ？

そうまでして新名家との繋がりを求める理由がわからない。

一階に着き、ロビーを歩いている間も考え続ける。

うちは、旧財閥でも大企業を経営しているわけでもない一般的な家庭だ。なにか政略的なメリットなんて……ひとつも浮かばない。

初めは姉のためと手を挙げて、後づけで祖母に安心してもらうため——という理由も加えたけれど。

このお見合い……奇妙なものを感じる。

しかし、私がいくらひとりで考えたって、『なぜ？』の答えは出てこない。

祖母には悪いけれど、不信感のある相手とのお見合いでは、安心させられる結果にはならなそうだ。

「まあ、いいか」

今回は、とにかく姉を守れたらそれでいい。

2．強引な約束

それから二週間と少し経った。

土曜日の今日、お見合い当日を迎えた。

都内ホテルの一階ラウンジで当人同士のみの挨拶にしましょう——先方がそう提案してくれたことは、こちらとしても助かるもので、私はふたつ返事で承知した。

両親だけが、最後まで不安そうな顔をしていたけれど。

「ふう」

私は待ち合わせのホテルの前までやって来て、ひとり深呼吸をした。

ラウンジスタッフに案内された先にいた男性を見た瞬間、目を疑う。

「幸さん、お久しぶりです」

さわやかな笑顔と上品な声。引きしまった体つきに、整った目鼻立ち。しかし、今驚くべきなのはそれらじゃない。

ほどよい厚みの唇に笑みを浮かべる彼を見て、ひとことも発せずに固まる。

信じられない……。お見合いの相手って、まさか〝この人〟なの……？

動揺する私に、彼は優しい声で「どうぞ」と言いながら椅子を引いてくれた。

彼を直視できないものの、声でにこやかなのが伝わってくる。

「会うのは今日で二度目だね」

「……そう、ですね」

これって、どんな状況なの……！

数分ぶりに目が合った彼は、にっこりと微笑んだ。

「じゃあ、もう俺の誘いを断る理由はないよね？」

初めて会った日の〝約束〟を思い出し、途端に居心地が悪くなる。

「新名幸さん。俺と結婚を前提に交際してください」

予期せぬ再会と告白に、私の思考はもう停止寸前だ。

頭の中が真っ白で、なにから質問していいかさえわからない。再びやってきたラウンジのスタッフにオーダーを聞かれても、しばらく意識を現実に引き戻せずにいた。

すると、彼があの柔らかな微笑みで私を呼ぶ。

「……と、先を急ぎすぎた。まずは飲み物をオーダーしようか。幸さんは、今日もホットのカフェオレがいい？」

「え……は、はい。それで」

一瞬聞き流すところだったけれど、あのとき私がホットカフェオレを選んだことを覚えていてくれたのだと気づいた。

「では、ホットカフェオレとホットコーヒーを」

菱科さんがオーダーすると、スタッフは「かしこまりました」と一礼して下がっていった。

再びふたりきりになり、目のやり場に困って俯く。

「ところで、さっきの戸惑った反応から察するに、相手が俺だってことを知らずに来たのかな」

鋭い指摘にギクッとして心臓が飛び上がる。

相手が知っている人だったってことに意識が向いていて、ここがお見合いの場だってすっかり忘れていた。

「す……すみません」

「ああ、ごめん。別に責めてるわけじゃないんだ。俺も今回の話は驚いたし」

さっき顔を合わせたとき、私だけが驚いていたと思ったけれど、そうか。考えてみたら、彼はきちんと釣書を見ていたから……。

「それに実は今回のこと、腑《ふ》に落ちないところがあったし」

「えっ？」

『腑に落ちないところ』って？

緊張状態だったところに、まさかの再会が待っていた私は、すでに頭の中がひどく混乱中だ。彼の言葉の意味を探る余裕など皆無で、取り繕えない。

「前に君は言っていただろう。ほかのことを考えられないくらいに、今は仕事が楽しいって。あんなに熱心そうに語ってくれてた君が、結婚を考えるかな？ってね」

「あ……」

言われて思い出した。そうだった。私、あの日、そんなようなことを言った。些細な会話ではあったけれど、結婚に対しての熱量はなかったと思われても不思議じゃないかも……。

俯きがちだった顔が、さらに下を向く。すると、菱科さんは柔らかい笑い声をこぼした。

「そんな気まずそうにしなくていいよ。ただ不思議に思って」

どう答えるべき？　姉を煩わせないための身代わりだなんて、目の前の彼に話せるわけがない。

懸命に建前になりそうな理由を考えていると、彼が言う。

「誰かのために——表向きだけでも引き受けた、とか？」

瞬間、ぎくっとして手のひらに汗をかくのを感じた。

彼は本当に鋭い。アメリカでもそうだった。いろいろと先回りができるタイプ。反して私は急な展開での対応は苦手だ。きちんと下準備をしてから挑みたいタイプ。

そもそも、今直面しているこれは、仕事とは違う。こんなシチュエーションでの切り抜け方なんて、知るはずもない。

そのとき、先ほどオーダーした飲み物が運ばれてきた。私は内心ほっとして、飲み物を提供してくれたスタッフに会釈をする。

スタッフが立ち去ったあと、私たちはどちらからともなくカップを口に運んだ。

私はカフェオレを口に含みながら、『話題をすり替えるチャンスかも』と考えた。

そして、すぐさまカップをソーサーに戻し、菱科さんよりも先に口を開く。

「菱科さんこそ。なぜですか？　菱科さんなら、ほかに素敵な女性との出会いがいくらでも……」

少しずつ気持ちが落ちついてきた。同時に抱いていた疑問を思い出す。

彼が新名家と繋がりたい理由を知りたい。挨拶直後に『俺と結婚を前提に交際してください』だなんて言わなきゃならない事情って？

菱科さんは飲んでいたカップを戻し、伏せていた瞼をゆっくり上げた。

「なぜって、俺は君に『もっと話したい』とあのとき言ったはずなんだけどな」

彼の言葉を受け、以前アメリカで会った際の一連のやりとりが思い返される。

私ともっと話を……って。なにを期待されているか知らないけれど、私はそんなに話の引き出しを持っていない。

「話って……あの、たぶんご期待に添えるようなお話はなにも」

しどろもどろになる私を見ても、彼は変わらずにこやかなまま。

「それはこちらが決めること。それに、『次、会うことがあれば』と約束してくれたのは幸さんだよ」

菱科さんの主張に言葉を失う。

確かに菱科さんの言った通り。なにも間違ってはいない。だけど、あのとき私は困惑していて口走っただけだし、なにより二度目はないと決め込んでいたから。

「別に面白い話をしてほしいわけじゃないから、そう気負わないで」

戸惑いつくしていると、彼がふいに柔らかい表情を見せる。その優しい瞳に目を奪われた。

「ふふっ。君はやっぱり今日も表情が豊かでいい。目が離せない」

菱科さんは、私が自分じゃわからないことばかり言う。

なにが問題って、この人の言葉が嫌ではないこと。気恥ずかしい反面、うれしい気持ちにさせられるから困る。

ああ、そう。言葉だけじゃなかった。……その目。

「俺はこのお見合いがうまくいけばいいなと思ってるよ。初めからね」

私は恋愛経験が乏しいせいか、そんなセリフをささやかれたら疑うことなく本気にしてしまう。

しかも、落ちついて彼を観察すると、今日も上質そうなスーツを身にまとい、さりげなく袖口から覗く腕時計ものすごく高そうだ。そういえば、以前もハイブランドのハンカチを差し出してくれた。

菱科さんって素晴らしい家柄で育った御曹司とか、才能ある若き実業家とか、私にとって遠い存在の人だと思う。

月並みだけど、私とはあきらかに立場が違いそうだ。そんな人のお相手に自分が務まるだなんて、到底考えられない。

答えが出てすぐ、後先考えず椅子から立ち上がった。そして、その勢いのまま深く頭を下げる。

「すみません。あの約束はなかったことにしてください。それと、今回のお見合いも」

もういろいろとキャパオーバー。

とにかく、一刻も早くひとりきりになって頭の中を整理したくなった。

私は言い逃げするように、彼に一瞥《いちべつ》もくれずにその場から離れ、早歩きで出口へ向かう。しかし、数メートル進んだところで飲み物の代金を払っていないことに気づき、足を止めた。

もう、なにやってるのよ私。あんな失礼な態度で去ってきたっていうのに、戻らなきゃならないじゃない。気まずいにもほどがある。

自分の失態に前方を向いたまま下唇を噛《か》み、勢いづけて踵《きびす》を返す。

このまま走り去りたくても、やっぱりこういうことはきちんとしないと、ずっと気になるから。

なんとなく、菱科さんからの視線は感じつつも、テーブルへ戻り、財布から一万円札を出した。

「出張中は大変お世話になりました。そのときと、今日の分です。では」

ひと息で勢いよく言いきり、今度こそ立ち去った。ラウンジを出てからは、ワンピース姿だということも忘れ、走りだす。

まだ信じられない気持ちは拭えない。ただ、今、本心なのか嘘なのかもわからない彼の言葉にこんなにも翻弄されている。頭の隅ではわかっていた。

この動悸は、走っていることだけが理由ではない。

でもそう思うことに抵抗があったから、私はひたすら走り続けた。


その夜、両親から『どうだったの？』と電話で聞かれ、曖昧な返しで適当にやり過ごした。

質問攻めやお咎《とが》めなどはなく、どちらかというと同情気味だった反応に心の中で苦笑した。きっと両親は、私のことだからそううまくいくとは考えていなかったというところだろう。

いろんなことが起きて頭の中がぐちゃぐちゃだったけれど、自宅に戻ったあとに根本的な疑問が湧いてきた。

あのお見合いって、いったいどういう経緯で持ち上がった話だったんだろう。気になるけれども、終わった話を今さら蒸し返すみたいで誰にも聞けない。

もちろん菱科さんにも、もう会うこともないから聞けるわけもない。

菱科さんを頭に思い浮かべ、ふと思う。

彼はお見合いの相手が私だと知って驚いた、というような話をしていた。

でも……。

──『その代わり、次に会ったときは俺に時間をくれるって約束して？』

アメリカでそう約束を迫られたとき、なんだか自信を持っているように感じられた。

あれは……やっぱり私の思い込み……？

菱科さんについて、ぼんやりと考えを巡らせる。

確か父が『久我谷グループの関係者』とは言っていた。だけど、久我谷グループは物産や銀行、不動産など、抱えている業種は多岐にわたる。

そこでふと、未開封のままデスクに放置している釣書の存在を思い出した。

あれを見れば、彼についてもう少し詳しいことがわかるはず。もしかしたら、今回のお見合いが持ち上がったヒントもあるかもしれない。

私はデスクまで移動し、無造作に積み上げていた書類をよけて釣書を見つけ出した。

綺麗に封を開けて中身を確認した途端、絶句する。

「三十三歳……久東百貨店……執行役員、アメリカ東部エリアマネージャー……？」

彼の職業欄に書かれた文字を見つめ、大きく動揺する。

まさか同じ会社に所属している人だったなんて。それも、執行役員で海外のエリアマネージャーって、すごすぎる。

『エリアマネージャー』といえば、担当エリアの各店舗の店長をまとめる立場。かなり優秀な人材が就く役職だ。三十三歳で、それも海外のエリアマネージャーになるなんて、普通はありえない。

茫然としつつ、改めて入社してからのことを思い出してみる。しかし、菱科さんと会った記憶はない。ということは、おそらく菱科さんもアメリカで初めて会ったときは私の職場についていては知らなかったはず。

けど、今日は私の職場をわかったうえで来たんだよね……？

「全然わかんない……」

お見合いの動機の予想はおろか、経緯のヒントすら遠のく現状に、その夜はまったく寝つけなかった。


週が明けて月曜日を迎えた。

私は週末の出来事をどうにか払拭し、職場に向かう。

本社ビルに入り、エレベーターホールに着いたら社員が数人待っていた。

私も後方でエレベーターの到着を待つ。すると、どこからか視線を向けられている気がして、さりげなく周囲をうかがった。

ホール中央に社員数人が固まっている、その向こう側に立っていた背の高い男性と目が合う。瞬間、思わず声をあげた。

「えっ！」

私の声に、その場にいた人たちが一斉に振り返る。はっとして、両手で口を押さえた。居たたまれなくなり、小声で「すみません」と謝って体ごと横を向く。

心音がバクバクうるさい。そうなった理由はひとつ。

視線の先にいたのが、菱科さんだったから——。

もう一度、ちゃんと確認したいのに彼がいる方向を見られない。

菱科さんが間違いなくそこにいた。

……いや。冷静になれば、おかしくはない。ここは本社だし、彼は久東百貨店の執行役員。一時帰国してきたのも、お見合いのためというより本社に用事があったのかもしれない。

ただ理由はどうあれ、突然のことで驚いたのには変わりなく、困惑する。

そのうち、エレベーターがやってきたのを耳だけで察したものの、私は俯いて動くことができず見送った。さっき注目を浴びた手前、同乗しづらかったのもある。

すると、視界に紳士物の革靴が映り込むと同時に声をかけられた。

「おはよう」

てっきり今のエレベーターでいなくなったとばかり思っていたから、彼がこの場に残っていたとわかってびっくりした。

私はそろりと顔を上げる。

「おはようございます。え……と、今日は本社にご用事が？」

どうにか平静を装うと、菱科さんはなぜか意味深ににっこりと微笑む。

「あ、あの？」

「いや。俺がここにいることに疑問を持っていないということは、釣書を見てくれたんだなと思って」

本当、彼は洞察力に優れている。いよいよ感服の域に達するほどだ。

「はい。アメリカ東部のエリアマネージャーだと……知りました。これまで大変失礼ばかり、申し訳ありません」

「ああ、ひとつ訂正させて」

「え？」

彼はそう言ったあと、流れるような所作で名刺を一枚くれた。

「このたび久東百貨店、代表取締役CEOに就任した菱科京です」

「し……っ」

CEO⁉　菱科さんが⁉

ぽかんと口を開けたまま、時間が止まったように動けない。

いや、こんな恋愛漫画みたいな展開……。だけど、受け取った名刺には間違いなく久東のロゴと【代表取締役CEO　菱科京】と書いてある。

再び彼を見ると、今度はビジネスライクに握手を求めてきた。

「今後ともよろしく、新名幸さん」

これは、〝CEOとして〟の挨拶だ。遠慮することも突っぱねることもできない。

私の選択肢はひとつ。菱科さんの握手を受け入れる。

まだ頭の中の情報処理が追いつかずにいると、彼がなにか思い出したように切り出した。

「ああ、あの話だけど」

「あの話？」

もう本当に思考回路が正常じゃないから、すぐに反応しきれずつい眉をひそめる。

握手の手を離そうとした矢先、引き寄せられた。

「えっ、なっ……」

驚きながらも、至近距離の菱科さんを仰ぎ見る。

彼は妖しげに口角を上げ、耳元に唇を寄せたかと思えばビロードのような魅惑的な声でささやいた。

「〝約束〟――なかったことにはさせないよ」

反射的に触れられていた手を引っ込め、耳を押さえる。

私の目に映る彼は、なんだか自信満々に見えた。

それは、アメリカで約束を迫られたときと似た表情だった。

3．お試しの恋人？

菱科さんがCEOだと知ってから、この数日間は心ここにあらずだった。

仕事中だというのに、気づけば心が別のところに行ってしまう。

『〝約束〟――なかったことにはさせないよ』

どうしよう。あのときの菱科さんの顔、冗談ではなく本気だった。

怒らせた？　でもそういった表情とはまた違ったような……。いやそれよりも、相手が自社のCEOだなんて、さらに無理案件でしょう。

「新名さん？」

「わっ。はい！　すみません」

私に声をかけたのは、須田さんだ。

彼は心配そうに私の顔を覗き込んで言う。

「ものすごい難しい顔してたよ。今日はもう上がったら？　たまには仕事を忘れて息抜きしたほうがいいよ。次の企画会議まで、まだ日にちあるし。ね？」

「そうですね。ありがとうございます」

須田さんのおかげで日常を思い出し、少し現実に戻れた。

今朝は、就業前に菱科さんが部署に来た。改めて就任の挨拶をして回っていたみたいだった。

私たち社員の前で凛として挨拶をする姿を見て、ようやくこれまでの出来事は現実のことなんだって受け止めはしたけれど。

「受け入れるのとはまた別だよね」

ロビーへ向かうエレベーターの中で、ぼそっとひとりごとをこぼす。

エレベーターを降りて腕時計を見ると、午後六時過ぎ。

祖母のいる病院の面会時間は八時まで。今から向かえば少しくらい話ができそう。

私は祖母のところに立ち寄ることにして、エントランスを出た。


病院の敷地内に入ったとき、正面からスタイルのいい男性が歩いてきたのに気づき、なにげなく顔を見た。すると、その男性が菱科さんで絶句する。

菱科さんもすぐに私に気づき、目を丸くした。

「幸さん？　奇遇だな」

奇遇っていうか、なんかもう怖いくらい。まさか、後をつけてきたわけじゃないよね？と、つい疑いたくもなってしまう。

無礼にも猜疑心《さいぎしん》のままに彼を観察するも、彼は私の不躾《ぶしつけ》な視線にも動じず、なんなら私の心の内を読み取っているかのように笑いかけてきた。

「君もお見舞いに？」

「え？　は、はい」

菱科さんの質問から、彼もまた誰かのお見舞いでやって来たのだとわかり、私たちが会ったのは本当に偶然だったのだとほっとした。

そもそも冷静になれば、彼は今院内から出てきたようだったから、故意ではなく偶然で間違いないだろう。

「そうだ。ちょうどよかった。これを渡したかった」

菱科さんはそう言って、スーツの上着の内ポケットから封筒を取り出す。そして、私の左手を取り、強制的にそれを持たせた。

「これは返すよ。そういうつもりじゃなかったから」

なにかと思って封筒をちらりと覗くと、中にはお金が入っていた。

これは、私が土曜日に渡したお金だ。

ここでまた私が差し出しても、彼は受け取ってはくれないと感じた。そうかといって、やすやすと受け入れるのも……。

私は複雑な心情を抱え、封筒を返すこともしまうこともできずに固まっていた。

口火を切ったのは菱科さんだ。

「あ。それと、連絡先教えてほしい」

「えっ……。でも、業務連絡は内線や社用携帯がありますよ」

「なら、業務外の連絡があるときは、終業時間後に直接声をかけに行けばいいのかな？」

「業務外の連絡……？」

それはどんな……っていうか、直接来られたら困る。目立って仕方がないし、瞬く間に噂の的だ。

困惑する私を見て、菱科さんは小さく笑う。

「ほらね。それだと君に迷惑をかけると思ったから、連絡先を聞いたんだ」

私はしばらく考えた末に、スマートフォンを手に取った。

「わかりました」

これ以上あがいたところで、菱科さんにかなう気がしなかった。それに、彼が私の連絡先を知って、悪用するようにも思えなかったから。

菱科さんにはいろいろと驚かされることばかりだけれど、本能的に危険を感じたことはない。第一、自社のCEOだと明らかになった今、それはますます確固としたものになった。雇用する側とされる側。そんな関係で問題を起こすわけがない。

「ありがとう。足止めして悪かった。じゃ、また明日」

菱科さんは連絡先の交換を終えると、あっさりと去っていった。

私は手の中のスマートフォンを見つめ、連絡先アイコンに指を置く。ディスプレイには【菱科京】と登録されたばかりの名前が表示された。

ずっとそう。私を動揺させる言葉を恥ずかしげもなくささやくのに、絶対に力ずくでなにかをしようとすることはない。強引は強引なんだけど、きちんと一線を意識しているというか……。

もっと他人のことなんてお構いなしというような、デリカシーもない人でいてくれたら、すぐさま突っぱねることができるのに。

「基本的に紳士なんだよね……」

返された封筒に目を落とし、ぽつりとつぶやいた。

あれから、さらに数日経って金曜日になった。

本音を言うと、菱科さんから頻繁に連絡がくるかもと身構えて、ちょっと気にしていた。けれど、連絡先を教えてから実際はまだ一度も連絡がない。どこまでも、私を翻弄する。

そして、やっぱり別のことに気を取られると仕事が疎かになりがち。今週は『仕事に集中しなきゃ』と何度自分を戒めたことか。

それを自分に語りかけるということは、気が散漫になっているということだとわかっていた。

――と、こんなふうに考えている時点でまた集中しきれていない。

軽く頭を振り、作成途中だったメールを勢いで仕上げて送信ボタンを押す。就業時間もあと十分ほどで終わるといったとき、今週やるべきだった仕事はすべて終えて、ほっと息をついた。

数分後、人の気配を感じて顔を横に向ける。

「新名さん、ちょっといい？」

「はい」

須田さんが真面目なトーンで声をかけてくるものだから、嫌な予感がした。

なにかあったかと心当たりを考えてみるも、どれもピンとこない。

須田さんは上半身を屈め、私の耳元でささやく。

「あのね……。今、メーカーさん宛のメールが俺に届いたよ」

「え！」

耳を疑った。今しがた送ったばかりのメールを開いて確認する。宛先は須田さんになっていた。

信じられないミスに動転し、マウスを忙しなく操作する。

「すっ、すみません！　すぐに本来の送信先へ再送します」

ついに、こんなどうしようもないミスまで！　本当にどうかしてる！

涙目をどうにか堪えてメッセージを送り直す。

須田さんは明るく振る舞って慰めてくれた。

「まあ、相手が俺でよかったよ。次はくれぐれも気をつけて」

「はい！　もちろんです。気をつけます。申し訳ありません」

席を立ち、頭を下げて謝罪する。重ねて握る手に自然と力が入った。

「この件は解決済みってことで。ところで来年の催事の企画案見たよ。二世代、三世代をテーマに商品を揃えたり、限定品を用意するっていい方向性だと思う」

「本当ですか！」

思わず勢いよく顔を上げた。来年行われる全店共通の催事について、コンペにより
その企画内容が決められることになっているのだ。

須田さんは笑顔で続ける。

「流行は巡るものだし、商品を厳選すれば世代を超えて共感を得られるかもね。ひいては広いターゲット層を狙えるし」

「そうなんです！　それを目指してみたいなと思って」

「じゃあ、その企画書を作成しつつ、今進行中のクリスマスイベントの準備も同時にやらないとな。ただ、なにごとも根詰めすぎずに」

軽めに注意を受けて、私は肩をすくめる。

「はい。……けど、クリスマスっていいですよねえ。お客様がわくわくしてる雰囲気があって、こっちまで楽しくなっちゃうっていうか」

『クリスマスイベント』のワードに、どうしてもうずうずしてしまって気持ちがあふれ出す。

クリスマス時期の盛り上がりは百貨店だけじゃないと思う。街全体がキラキラしているイメージ。子どもの頃から抱いているそういった感情は、いまだに変わらない。

「新名さんって、売り場担当の頃から、特にそういうイベントごとではうれしそうな

を知った。

いまだに知らない人がいるのは普通のこと。かくいう私も、ここへ来てから須田さん
久東百貨店の総従業員数は、一万人をゆうに超える。もちろん異動も頻繁にあるし、

「えっ。私のこと、知っていたんですか？」

顔して立ってたもんね」


それなのに、須田さんは私を知っていただなんて。

「まあ、うん。新名さんの接客は一部で有名だったから」

有名って、どういう意味だろう。すごく気になるけれど、なんだか聞きづらいし、よくない内容だったらと思うと怖い。

須田さんにちらっと目を向けると、にこっと笑顔を返してくれた。

これはきっと、悪い意味ではなさそうかな……？

そのとき、部署内の空気が変わった。なにごとかとみんなの視線をたどっていくと、そこには菱科さんの姿があった。

部長となにやら話をしている。そのあとすぐに、菱科さんは私たちに向かって「お疲れさまです」と話し始めた。社内を巡回しているのかもしれない。

菱科さんは私たちを見回し、明るい表情を浮かべて続ける。

「終業間際にすみません。今日は社内を見て歩いていました。ここ商品管理本部は、久東百貨店の評判も売上も左右する重要な部署です。大変だと思いますが、ぜひ、いろいろとチャレンジしてください」

菱科さんの笑顔からは、揺るぎのない気品が感じられる。

「このあと少し部署内を見させていただきますが、私のことは気にせずお願いします」

さわやかに歯を見せて笑い、菱科さんはゆっくり動き始めた。

須田さんは、遠くの席から順に見て回る菱科さんを横目に小声で話す。

「菱科ＣＥＯって、家柄もルックスも頭脳もよくて、人望が厚いってすごいよね。さらにあの記録だもんな」

「記録？」

「あれ。知らない？」

すでに両親を通して返却した彼の釣書には、あの時点での肩書きくらいで、ほかは仔細に書かれていなかった。

「昔、うちの売上ナンバーワンの新宿《しんじゅく》店で個人外商部売り上げトップを独走し続けたって。ここへ来る直前まで、数年海外にいたらしいよ。海外店舗では支配人として業績を挙げて転々と回って、そのあとはエリアマネージャーにまで」

「そんなに素晴らしい経歴が……?」

須田さんが教えてくれる情報に驚嘆するばかり。

エリアマネージャー時代から逆算して、たぶん私が入社して数年経ったくらいの話かな。その頃の私は、外商部はまだ縁遠くて関わりもなかったから……。

「うん。そうして今、三十三の若さでCEOなんだから、普通じゃないよ」

初対面のときの迅速な対応や判断力などから、仕事ができる人なんだろうなとは思っていた。現に若くしてCEOにまでなっているのだから、それは間違いない。

だけど、これまでの具体的な経歴を聞くと、漠然と抱いていたイメージがより鮮明になって、恐れ多くなる。

「しかも彼はここ久東百貨店を含む久我谷グループの血縁の方らしい。確か、ご母堂の旧姓が久我谷だって話だったけど」

さらに知り得た情報に度肝を抜かれる。

久我谷グループ全体を統括しているのは、そのまま『久我谷』という名字の年配の男性だった気がする。とすると、その男性と菱科さんは三親等以内の関係である可能性が高いのでは……。

菱科さんが数メートル先まで近づいてきたところで、私と須田さんはお互いに目を見合わせて席に着いた。ノートパソコンに向かうも、菱科さんの存在が気になって仕事どころではなかった。

　菱科さんは『気にせず』と言っていたけれど、たぶん部署内の全員がそんなこと無理だと思っているに違いない。現に、いつもならもう少し話し声が聞こえるフロアがしんと静まり返っている。

　足音が徐々に近づいてくるのがわかる。そして、背後を通り過ぎるときにわずかにふわりと風を感じた。その数秒後に大人っぽい、菱科さんの香りが届く。

「新名さん。これ」

　ふいに顔の横に菱科さんの腕が伸びてきて心臓が跳ねた。

　だけど、ここで反応してはいけない。周囲に変に思われる。

　彼は私のノートパソコンに表示されていた送信メール画面の、【連絡いたします】を指さしていた。

　私は首を傾げ、思わず菱科さんを見る。菱科さんは含み笑いをしただけだった。

　その後、菱科さんは部署の人たちへ向かってお礼を言い、部署を去っていった。

　部署内の空気が元に戻る中、私はひとり菱科さんが残した謎を必死に考える。

　なんだろう。私のこのメールの文章、どこかおかしい？　誤字とか変換ミスはないし、敬語も問題ないはず……。彼の意図を汲《く》み取れない。

そのあとも、頭の隅でずっと引っかかったまま、なんとか業務をこなしていった。


仕事を終えて会社を出た私が今いる場所は、水の上。

いったいどこにいるかというと、屋形船の中だ。

二名貸し切りの非日常的な空間にどぎまぎし、いまだ順応しきれていない。

彼のあの行動の意味を理解できたのは、就業直後に彼からスマートフォンに一通のメッセージがきたときだった。

【今夜、ぜひ食事に付き合ってほしい】

どうやらあのとき菱科さんは、私に『連絡するよ』と示唆していたらしい。

初めは丁重に断るつもりで返信文を作成していた。けれども、今回のお誘いはアメリカで彼と交わした〝約束〟なのかもと思い、迷いに迷って誘いを受けた。

「まだそんな顔してるの？」

向かい合って座っている菱科さんは眉尻を下げ、おかしそうにそう言った。

さっきから私はずっと複雑な面持ちをしているのだろう。実際、こんなめずらしい場所に連れてこられて、そう簡単に戸惑いは消えない。

「や……こういう場所での食事とは……さすがに想像していなかったというか」

屋形船はメディアで見たことはあったけれど、著名人や観光客が主な利用客だと思って、自分には縁遠いものだと思っていた。

この屋形船も観察してみると、中の座敷はおそらく長さ十数メートル、幅は五メートルほどあり、ふたりだけで利用するには広すぎるほどだ。

仕事柄、日頃から高級感のあるものや店にはアンテナを張らなければと思っているけれど……。

こんな経験したことないうえ、相手が出張のときの恩人で、お見合い相手で、自社CEOだから、ものすごく緊張する。

眼前に広がる夜景でさえも、まともに味わえないほどに。

「あらゆるものに興味を持ち、知見を深めることも大切だ。そして、知識だけではなく実際に体験することで、新たに得られるものがある。その経験がお客様へ新しいものを提供し、伝えられるきっかけにもなりうる。そう思わないか？」

今日、須田さんから新宿店の外商部でトップの成績だったと聞いたからか、菱科さんの言葉には説得力があった。

私は咄嗟にはなにも言えず、わずかに視線を下げた。

「と、いうのは半分建前で、もう半分は俺の好きなものを君と楽しみたかった」

菱科さんが続けた言葉に、自然と顔が前を向く。

彼の純真な笑顔からは、不穏なものはなにも感じられない。

そこに、お膳が運ばれてくる。目の前のテーブルは、あっという間に美味しそうな料理で埋め尽くされた。

「さあ、いただこう」

「はい。いただきます」

私はすぐに目の前のごちそうに意識を奪われた。

前菜、酢の物、煮物、そしてお造り。お造りには、雲丹《うに》がふんだんに盛りつけられている。さらに、追って提供されたのは飛騨牛《ひだぎゅう》サーロインステーキの陶板焼き。

陶板の火が消える前にも、揚げたての天ぷらを出され、食した瞬間思わず感嘆の声が出る。

「美味しい！　サクサクだし、天つゆの味も上品で」

「ゼニスリュクスのレストランも美味しくはあったけど、やっぱり日本で出される料理のほうが出汁《だし》の味わいとか馴染みがあるよな」

満面の笑みで菱科さんが言った意見に、私は頷いた。

「そうですね。それに盛りつけ方とか、日本では見た目も楽しませてくれるなあって思います。視覚からのアプローチって大事ですよね」

馴染み深い味なのはもちろん、なにより日本料理は芸術的なセンスで盛りつけられている。器のひとつひとつにこだわりが感じられ、素晴らしいものが多いと感じた。

「そんなふうに言ったら、私も店舗勤務の頃はお客様からの目線を常に意識し、わくわくするような売り場の見え方を……あっ、すみません」

悪い癖が出た。私は視線を下げ、箸を止める。

「謝らなくても、前に仕事に熱中しているって聞いていたし、仕事の話に夢中になる幸さんを魅力的だなと思ってる。だから、気にせず好きな話を好きなだけして。俺はそういう君の話が聞きたくて約束まで交わしたんだ」

彼の優しい声音に誘われて、やおら顔を上げる。

菱科さんは私と目が合うと、柔らかく目を細めた。その瞳は温かく、ドキッとする。だからこそ気恥ずかしくもあり、どうしていいのかわからない。

浮ついた感情を修正し、気を取り直す。

菱科さんからアメリカでの話題を出されたことで、胸の中で微《かす》かに引っかかっていたことを思い出した。

「あの……少し気になっていたことが。アメリカでの別れ際のあのとき、〝約束〟を果たせるのを……つまり、再会を確信していたんですか……？」

――『次に会ったときは俺に時間をくれるって約束して？』

あのときの菱科さんから、そういった雰囲気をうっすら感じた。

菱科さんは私の質問を受け、なにを答えるでもなくただ微笑んだ。

彼の反応は肯定しているのと同じ。だって、違うのなら真っ先に否定するはず。

そこまで考えが及んだところで、ふと頭をよぎる。

「まさか……もしかして……初めから、私が久東百貨店の社員だと……ご存じだったのですか？」

菱科さんは箸を置き、ひとこと答える。

「ああ」

彼があっさり認めると、私はすぐさま言葉を返した。

「だったらなぜ、あの日、ご自分の立場を打ち明けてくださらなかったんですか」

すると、菱科さんは戸惑う様子もなく、ノンアルコールドリンクをひと口飲んでからさらりと言う。

「あのときは、まだ正式に久東百貨店のＣＥＯではなかったから」

「そうだとしても、同グループ内の人間だってことくらい教えてくださっても」

「立場を明かせば、君は俺をそういう目でしか見ないだろう？　俺はあのとき君にグループ内の取締役として見られるのが嫌だった。個と個で向き合いたかった」

間髪いれずに返された言葉に唖然《あぜん》とする。

「というか、そこがそんなに重要？　君の悩みの種は、俺の肩書き以前にお見合いについてだろ？」

そう言われてしまったら、否定はできない。

彼がお見合いの相手でなければ……初めて出会ったときのことも、今回彼が久東百貨店ＣＥＯとして着任したことも、私にとってさほど重要な問題ではなかったはずだから。

押し黙ったあとに、さらに考えが浮かぶ。

この流れで、もうひとつ聞いてしまえばいいんじゃ……？　あの日のお見合いは、どういう経緯で受けることにしたのかって。姉ではなく、私に代えてほしいと願い出たことをどう思ったのかって――。

頭の中では忙しなく言葉が浮かぶのに、現実ではひと声も発せず膠着《こうちゃく》状態。

すると、彼が小さな笑い声を漏らした。

「この間、釣書が戻ってきたなあ」

言われた瞬間、気まずさに拍車がかかり肩をすくめる。

「も……申し訳ありません。ですが、どう考えても私にはお受けできかねるお話かと」

「それはお見合いの日に察したよ。だけど、もう少しきちんとした理由を聞かせて。そのくらいはいいだろう？　今後、改めるために必要な情報だからね」

私はうろたえつつ、胸の内を打ち明ける。

「理由、は……自社のCEOがお見合い相手だなんて。なにかの間違いだったとしかそんなの、どう考えても現実として受け入れられない」

菱科さんは私の回答に冷静に返してくる。

「なるほど。幸さんが引っかかっているのは、俺が久東百貨店のCEOだからだと。なら、もし別の肩書きになれば、断らずに受け入れてくれるということかな？」

「なっ、なにを……別のって、そんな。たとえ話だとしても、着任したばかりのCEOを退任するような言い方は心臓に悪いのでやめてください」

なんだか菱科さんがそんなふうに言うと、現実にしてしまいそうで怖くなる。お見合いを断る理由を、彼のせいにしてはだめだ。

私は膝の上の手を握り、粛々と頭を下げる。

「申し訳ありません。実は……このお見合いは私自身が純粋に結婚の意志を持ったというより、祖母を安心させたくて受けたのが本音です」

自分の手の甲を見つめたまま、さらに続ける。

「でも……。私、前にもお話しした通り、集中しすぎると同時にふたつのことができない性格だから、仕事との両立は……やっぱり難しそうです。過去にそれで失敗した経験もありますし」

姉のことが大きな理由ではあったけれど、祖母のことも考えて、今回のお見合いを受けてみようと思ったのは事実。だから嘘じゃない。

姉のことは正直に話せなかったものの、一部分は真実を伝えた。

「なので、菱科さんがご立派な方というのも理由のひとつではありますが、主な理由としては私自身に問題があるということで……」

そっと頭を戻すと、菱科さんは顎に片手を添えてつぶやく。

「過去の失敗――。つまり以前は恋愛と仕事を同時進行していて、それが難しくなり破綻したと？」

「……そういうことです。両立できなかったんです。そういった経験も踏まえ、社内恋愛なんて特にハードルが高すぎるというか。だめになれば絶対気まずさが残るし、下手をすると別れたあとも、ずっと仕事に影響が出るってわかっていますから」

ぐだぐだと言いわけを並べているな、とは自分で気づいていた。もっとスマートに、礼儀正しく断れたらどれだけよかったかと。

自己嫌悪に陥っていたら、菱科さんがおもむろに口角を上げた。

「ふ、素直でいい」

「よ、よくないですよ。仕事に集中できないなんて。周りにも迷惑をかけるので」

「んー、なるほどね」

そうして彼は宙を見つめ、なにかを思案したあと、こちらを見る。

「じゃあ、恋愛は仕事の障害でなく、相乗効果をもたらすものだと証明すればいいわけだ？」

「えっ……」

ただ瞳を揺らし、戸惑っていると彼が続けた。

「俺とのお見合いを断る理由は、俺が嫌とか恋愛対象じゃないとか、ほかに好きな人がいるとかではなかった。つまり、君の課題を解決したらいいってことだろう」

言われて気づく。確かに断る理由を考えたとき、菱科さん自身に問題はひとつもなかった。ＣＥＯという肩書きのインパクトが強いくらい。

「恋愛は仕事に悪影響をもたらすだけのものじゃないって、証明したらいいんだよな？」

「え？　えー……っと」

瞬発力が乏しい私は、すべて後手後手に回ってしまい、即座に判断しきれなかった。でも、さっきから菱科さんが説明する内容に関してはまるで違和感はなく、むしろ理路整然としている。

考えがまとまる兆しもなく、しどろもどろになっていたら、目の前に手を差し出された。私はびくっと肩を上げ、菱科さんを見る。

彼は驚くほどまっすぐで綺麗な瞳に、私を映し出していた。

「なら、証明する。だから俺の恋人になってみないか」

「こっ、恋人……？　証明って」

菱科さんの言葉のニュアンスは『お試しで』といったもの。けれども、そうとは思えないほど真剣な面持ちでいる。

私は彼の手を受け入れることも、否定する言葉を口にすることもできず、心が大きく揺れ動く。

「ほら。物事の分析にはデータ収集が必須だろ？」

「そんな、仕事みたいに……」

「商品開発も販売方法も、ファクトデータがなきゃ承認はしない。だから、事実を一緒に確認しないと意味がない。同じことだと思えばいいよ」

菱科さんのその説得は、さながら業務の一環。

なんだか仕事にたとえられると、不思議と抵抗感が薄れる。同時に、ほんの少し興味が湧いた。

『恋愛は仕事に悪影響をもたらすだけのものじゃない』ことを証明すると宣言してくれたことに。

自分が原因なのはわかっていても、どう変えていけばいいのかわからなかったから。もし、彼がそれを教えてくれるなら……。仕事一辺倒の不器用な生き方を続けなくても済むかもしれない。

ぐるぐると考えていたとき、ふいに菱科さんは相好を崩して口を開く。

「結果、君も仕事とプライベートをうまく両立できて、充実した日々を過ごせるようになるかもしれない。さらに、君が望んでいるような、おばあさま孝行にもなるかもしれないよ」

ずっと私を心配してくれている、大好きで大切な祖母を安心させられるかもしれない……？

その言葉は、迷っていた私にとって最後のひと押しとなる。

祖母ももう八十歳。病気を患っているし、考えたくはないけれど、いつどうなるかわからないのが現実だ。

私はしばらく心の内で葛藤を続ける。そして、ついに興味と欲に負け、いざなわれるように自ら彼の手を握ったのだった。


「ごちそうさまでした。いつも……すみません。ごちそうになってばかりで」

「気にしないで。すごくいい時間を過ごせたから」

屋形船を降り、パーキングに向かう途中でそんなことを言われる。

しかも、さりげなく手を繋がれ、ときおり柔らかく微笑む菱科さんにドキドキしすぎてまともに顔も見られない。

恥ずかしすぎて繋いだ手さえも見られないけれど……お試しとはいえ、今、本当に菱科さんと恋人同士に……なったんだよね。なんだか胸がむずがゆい。

「えっと、お茶！　最後に出されたお茶まで美味しかったですね。茶葉にまでこだわられているのかな？と思ったのですが」

「さすが、鋭い。あれは料理長が納得した茶葉を製造している農家から、直接仕入れているると以前聞いた」

「へえ、すごいこだわりですね」

そんな当たり障りのない会話をしながらパーキングまで戻ったところで、彼が言う。

「幸さん。家まで送るよ」

「あ……ありがとうございます」

慣れていなさすぎて、ぎこちない。相手が菱科さんだからとか以前に、こういう付き合いたての甘酸っぱい雰囲気を忘れかけていた気がする。

終始落ちつかず、繋いだ手のひらに汗をかいてる自分がまた恥ずかしくて俯いた。

同時に、決して菱科さんを受けつけないわけではなく、ただ戸惑っているだけなのだと薄々感じ始めていた。

助手席に乗り、自宅の大体の場所を伝えると車は走りだす。

菱科さんの車は艶やかな黒色のスポーツカー。ボディのデザインは美しい流線型で、風を切って疾走してゆく姿を思わせる。車に詳しくない私でも第一印象から、かっこいいなと思うようなもの。

そして、当然車内も私は初めて見たり感じたりするものばかり。シートが深くて腰が安定し、体全体が包まれる感覚だし、ハンドル回りやスピードメーターなども、一般的な車のそれとは少しデザインなどが違っているように思った。

この経験も、菱科さんが言うところの『あらゆるものに興味を持ち、知見を深めることも大切だ』という部分に繫がるのだろう。

貴重な経験だと今一度考えて、ぼんやり乗るだけでなく、いろんなことを記憶しておこうと背筋を伸ばした。すると、隣から「クッ」と喉の奥で笑いをこらえるような声がして振り向く。

「えっ？　な、なんですか」

「いや。本当、真面目だなあと思って」

心当たりのない返答に、首を傾げる。

「顔つきが仕事のときと同じ。もしかして、こういう車に乗るのは初めて？　だから、この体験がいつか仕事に繫がるかもしれないと思って、真剣な顔をして座ってる……ってところかな？」

「なっ……」

なんで菱科さんには考えていることが見透かされてしまうんだろう。

それがものすごく恥ずかしく、顔が赤くなっているのがわかるほど熱くなった。

「あーあ。かわいい。かわいいのに運転中でどうすることもできないのが残念だ」

「はっ……な、なにを……あ！　信号、青になりましたよっ」

たまらず話を逸らすように、前方の信号を指さして言った。

菱科さんが再び車を走らせる間、私はさりげなく助手席側のウインドウに顔を向ける。外の景色を目に映しながら、大きな心音をどうにか抑えようと必死だった。

なにか別の話題はないかと考えを巡らせる。

ふいに思い出したのは、今日須田さんから聞いていた菱科さんの話だ。

「そういえば、菱科さんって外商にもいらっしゃったんですね。噂を聞きました」

私はやっと菱科さんのほうに顔を向けた。彼は前方を見たまま答える。

「ああ。渋谷《しぶや》店と新宿店と合わせて四年くらいだったかな」

「あー、どちらも私は勤務したことのない店舗です。だから存じ上げずに……。でも本当にすごいです！　あの新宿店で、個人外商部売り上げトップを独走って」

うちは基本的に外商のお客様は担当制だと聞いた。つまり、同じお客様がお買い物をし続けてくれているということ。

「お客様からの信頼も厚かったということですよね！」

ちょうどまた赤信号に引っかかったタイミングのとき、私はそう言った。すると菱科さんは、面食らった顔をしてぽつりとつぶやく。

「なるほどね。そういう発想に繋がるわけだ」

『そういう』……？

あまりピンとこなくて首を傾げる。しかし、ひとりごとっぽくも思えて、詳細を尋ねるに尋ねられない。

結局私はさっきの言葉を聞き流すことにして、別の質問を投げかける。

「あの、そういう素晴らしい結果を出せる菱科さん的に、お仕事のモチベーションとかやりがいって、どういう部分なんでしょう？　ちょっと興味があります」

なにか信念とか視点とか、絶対に持ち合わせているはず。貴重なお話が聞けるに違いない。

無意識に仕事モードに突入していた私は、デートみたいな空気に感じていた照れくささも、すっかり忘れていた。

信号が青に変わる。菱科さんはアクセルを踏む直前、私を一瞥して苦笑した。

「残念。俺じゃなく、仕事への興味ってところか」

「あっ、すみません……」

我に返り、気まずい思いを抱えながら小声で謝った。

もともと菱科さんからの猛プッシュで、疑似恋人関係みたいな、実験みたいなことをする羽目になった。とはいえ、それに対し、迷いながらも承知したのはこの私。

そういった経緯を振り返ると、ちょっと配慮に欠けた態度だったのかも……?

不器用だから恋愛と仕事の両立が難しいとか言ってしまったけれど、なんだか単純に恋愛に向いてないのでは?という気がしてきた。

首をすくめて小さくなっていると、菱科さんが「ふふ」と笑う。

私はこの流れにそぐわない優しい笑い声に驚き、彼を凝視する。

「いや。俺の公私ともに興味ゼロより幾分いい」

うれしそうに頬を緩めている菱科さんを見て、きょとんとする。

菱科さんの顔色をうかがっていると、彼はハンドルを操作しながら話を続けた。

「モチベーションか……。当時は、理想通りに事を運ぶことができるか——というところを意識していたな。やりがいを感じるのは、理想的な結果が出せたとき」

膝の上の手を軽く握る。意外に淡白な回答になんともいえない感情を抱き、視線を落とした。

つまり、数字だけ見て、という話だよね。

これまでの彼の実績や今の立場を考えると、目標の数字を掲げ、それを達成してきたのだろう。

目標は高くなっていくものだ。きっと、楽しさややりがいだけでは結果は出せなくなっていく。そう想像したら、仕事に対しドライに向き合うようになるのは当然のことだとも思える。

そういう向き合い方は、私には難しそうだけど。

「と、それは外商時代の話」

菱科さんの声にいざなわれるように、自然と彼に目が向く。

彼の瞳は輝きを放っていた。

「今は〝自分の理想〟じゃなく、〝お客様の理想〟を代名詞にできるような百貨店ブランドを目指してる。もちろん、昔もお客様を蔑《ないがし》ろにしていたつもりはない。でも今はもっと、素の笑顔を引き出したい」

彼のまっすぐな目と頼もしい横顔に、ドキッとする。

今聞いたばかりの言葉を頭の中で反芻し、自然と顔が綻んだ。

「それは……最高ですね」

すると、私をちらりと見た菱科さんもまた、柔らかく目尻を下げる。

「そう。君が今見せてくれたような、そういう表情をね。そんな店にできたらいい」

彼の笑った横顔が印象的で、気づけば胸が高鳴っていた。


約三十分後、自宅アパート付近に到着する。

「家、この辺なんだ。本社には通いやすいだろ」

「はい。通勤時間を短縮したくてひとり暮らしを始めたので」

「へえ。それは殊勝な……。だったら俺は、よりいっそう働きがいのある企業にすべく邁進《まいしん》していかなきゃな」

彼の経営者としての顔つきに目を奪われる。

部下を鼓舞するような頼もしいオーラは、CEOという肩書きがあれば誰にでも備わるものではないと思う。この人についていきたいと思わせるカリスマ性。これは間違いなく、菱科さんの魅力だ。

危うく彼の双眼に引き込まれてしまいそうになったのを堪え、視線を外す。会釈してドアハンドルに手を伸ばしながら、お礼を口にした。

「ええと、では。これで。ありが――んっ……」

一瞬のことで、なにが起きたのか理解できるまで数秒かかった。

私は目を見開き、片手で口元を押さえる。

今の……キス、された？

私の後頭部を撫《な》で、優しくとらえると自然な流れで顔を傾けて……。

つい今しがたの光景を反芻して心臓が早鐘を打つ中、菱科さんをうかがう。

「恋人だって実感してもらわなきゃならないしね」

彼はいたずらっ子みたいにはにかんだ。

まるで邪気のない笑顔に私もどんな感情で向き合っていいか、頭の中がぐちゃぐちゃだ。

「──〝幸〟って呼んでもいいかな？」

「え？　あ……ど、どうぞ」

「ありがとう」

菱科さんは、呼び捨てを許可されて心からうれしそうな顔をする。

たかが名前の呼び方ひとつで破顔されると、ますます動悸が速くなる。

すると、菱科さんが私の頭に軽くぽんと手を置いた。

「ああ、そうだ。来年の催事の企画コンペに提出されたものはすべて確認するから、俺を納得させるようなものに仕上げるように。そこに私情は一切挟まないよ」

キスされたかと思うと、仕事への熱意を煽られて、私はますます気持ちが追いつかない。どうにか取り繕って返事をする。

「も、もちろん心得てます」

もう、めちゃくちゃだ。完全に菱科さんのペースで振り回されるばかり。

立て直す間もなく、彼は再びオフモード。私の頬を愛しそうに撫でて微笑んだ。

「じゃ、おやすみ、幸」

車を降り、菱科さんが去っていくのを見送ったあとも、その場で放心していた。

厳しい一面を見せたと思ったら、最後はあんなに甘い声で名前を呼ぶなんて……。

どう頑張ったって、振り回されてしまう。こんな調子で、本当に相乗効果を得られるの……？

「もう……。心臓がついていかないってば……」

私はたまらずその場にしゃがみ込み、無意識につぶやいていた。

4．幸運な縁

土曜の朝。

俺は九州に向かう朝八時半の便に間に合うようにと、今朝は五時すぎに起きていた。

今週末は地方の店舗を視察して回る予定があり、幸をデートに誘うのは断念した。

それでも昨夜でかなり関係は進んだから、とりあえず満足している。

軽めの朝食をとり、出張の支度をしているとスマートフォンが振動する。俺はネクタイを結ぶ手を止めた。

ついっとディスプレイに指を滑らせると、メッセージが表示される。

【おはようございます。昨日はいろいろとお世話になり、ありがとうございました】

早朝六時台に送信されたメッセージは、幸からのもの。

意外だった。彼女の性格からすると、緊急の用件でない限り、深夜や早朝のメッセージ送信は控えると思われたから。

おそらく『お礼を伝えなければ』『なんて送ろう』などと気にして、時間にまで気が回らなかったのだと推測する。

俺は送られてきた堅苦しい文面をジッと眺める。最後にひとつだけ、笑っている絵文字が添えられているのは、〝恋人〟らしさを出そうとしたのかもしれない。

「はは」

そう想像すると、思わず声に出して笑ってしまった。

目の前のことに真剣に取り組む彼女らしい。スマートフォンと向き合っている姿が浮かぶ。

スマートフォンを手に取り、ソファに腰を沈める。そして、すぐさま返信した。

【おはよう。月曜日に顔を見るのが待ち遠しい】

数秒後に既読がつくと、どんな返信がくるかわくわくしている自分がいる。

出かける準備そっちのけでディスプレイを見続けていると、彼女からの返信がきた。

【申し訳ないのですが、社内では業務外のことで話しかけるのはご遠慮ください。じゃないと、仕事に支障をきたす恐れがあるので】

すぐに次のメッセージが届く。

【大変恐縮ですが、まずは内密の方向で……】

ふたつに分けて送られてきたメッセージに目を丸くする。

「手厳しいなあ」

スマートフォンに向かってそうこぼすと、苦笑した。

彼女が俺たちの関係を隠したがっているのはわかった。だけど、その文面にネガティブな印象は一切ない。

俺は新名幸という女性の人柄を知っている。

彼女は決して冷たい性格ではない。むしろ、人情味ある温かな人だと。

彼女を初めて見たのは四年前。外商時代、それぞれの店舗の実情を把握するために、日本橋《にほんばし》店に訪れたときだった。

身長一五五センチくらいの、小柄な容姿。そして、落ちついた暗めの茶髪は後ろでひとつに束ね、髪型にちょっとアレンジを加えている。制服に乱れはなく、パンプスも磨かれていて清潔感があり、笑顔が華やかな店員だった。

キッチングッズや日用品のフロアを通過すると、たまたま彼女が視界に入った。

三十代くらいの女性を接客していたのだが、それがなんとも目を引くもので、無意識に立ち止まってしまった。

会話の聞こえない距離にいても、彼女の表情だけでお客様との雰囲気のよさが伝わってきたのだ。

そのお客様もとても自然な笑顔で買い物をしていて、彼女が制服姿でなければ、仲のいい姉妹が一緒に買い物をしているように見えるほどだった。

接客業とは奥が深い。困っている人に声がけするのは当然のことだが、タイミングを見誤ると不快な思いをさせることもある。

困っているお客様はうまく内容を伝えられない方も多く、接客をしていても解決するまで時間がかかってしまうこともしばしば。ともすれば、お客様はもちろん販売員も内心疲れが生じもするけれど、彼女にはそんな様子はまったくなかった。

そもそも俺の接客はすべてを割りきり、計算されたものだ。どんな表情を作り、どんなタイミングでどういう言葉をかけ、満足していただくか。商品知識はもちろん、流行も敏感に拾って日々効率的に仕事が進むよう、意識してきた。

そんな俺にとって、ひとつも計算を感じず、むしろ心底楽しそうに接客をする幸は不思議な存在だった。同時に強く興味を引かれたのだ。

あまりに印象的だったのもあり、その日、日本橋店にいた顔見知りの社員に、さりげなく彼女の話題を切り出した。すると、そこで初めて耳にする。

彼女は『日本橋店の小さなコンシェルジュ』なのだと。

小柄な彼女を称したその呼び名の由来を聞いたとき、驚きつつも納得もした。

幸の他人に対する優しさは、自分の担当下や終業時間に囚われない。

たとえば、別の日。休憩に入ろうとした際に迷子を見つけた幸は、インフォメーションに連れていった。

十数分後に俺が一階へ戻り、インフォメーション前を通過する際に、彼女はインフォメーションカウンターの隅で、子どもを笑顔であやしていた。

インフォメーションスタッフとの会話をちょっと聞いた感じでは、どうやら迷子の子どもを不安にさせないようにするためと、インフォメーション業務が滞らないように手を貸していたみたいだった。

また、あるときは早番ですでに着替えも終えて帰宅するところだったにもかかわらず、幸が店員だと知っていたらしい年配の男性に探し物の相談をされて、売り場まで戻っていったこともあった。

そんなときでさえ、彼女は一瞬も嫌そうな表情を見せず、笑顔でい続ける。

——どんなときも、生きがいみたいに楽しそうに、生き生きと。

全身から明るさと優しさが滲み出ている彼女の姿を見かけるたび、毎回時間を忘れて遠くから目で追ってしまった。

しかし、その翌年には自分が海外店舗に赴任したため、彼女の姿を見ることは叶わなくなった。

海外では仕事に専念する傍ら、ふとしたときに彼女の姿が頭に浮かんだ。

一度も直接言葉を交わしたことのない彼女をずっと忘れられず、むしろ恋しく思うまでになったときには、『どうかしてる』と自分を叱咤した。

だけど、海外にいると日本のサービスは本当に行き届いていると実感し、そんな接客サービスのクオリティが高い日本の中で、ひと際輝いていた彼女を忘れるなんて到底無理なことだった。

三年間の海外勤務を終え帰国した俺が先月ワシントンへ行っていたのは、仕事の都合で数日間だけ。CEO就任の準備でしばらく息つく暇もなかった俺は、その出張の際には余裕のあるスケジュールにしておき、半分は休暇として過ごしていた。

まさか、あんなところで彼女に会えるとは露ほどにも思わなかった。

あの瞬間、自分が彼女に対してどういう感情を抱いているのかが、はっきりとした。

幸は『お客様のために』『お客様に喜んでほしい』だけにとどまらず、お客様との関わりを通じ、さながら自分が当事者かのように楽しんでいるふうに思える。

つまり、相手の目線で考え、困ったり悩んだり、喜んだり、共感している印象だ。

見返りを求めず、自分の持ちうるすべてをかけて相手に寄り添う姿勢を目の当たりにして、ふと想像した。

あの熱を自分に向けてもらえたら、どんなに胸が熱くなるか——と。

自分の素性を伏せてまで接近した理由は、彼女にも直接伝えた。

あのままＣＥＯとして赴任し、一社員として彼女に接するだけじゃ物足りない。

俺はひとりの男として出会えた奇跡を喜び、欲を抱いたのだ。

それでつい調子に乗って食事のあとも誘ったものの、彼女に断られてしまった。

途端に火がついた。

必ずまた会って〝約束〟を果たす。そして、そのときにはこの想いを告げ、彼女に振り向いてもらいたい——。

すでに懐かしい思い出に浸り終えたのち、おもむろに立ち上がって書斎へ移動する。

デスクの引き出しを開け、中からファイルを取り出した。

これは、『新名幸』についてのプロフィールが書かれたもの。いわゆる釣書だ。

デスクの上に置いた釣書をめくり、ぽつりとこぼす。

「まさかこんな縁まで用意してくれるなんてね。神様も粋なことをしてくれる」

もう何度も見た、彼女の釣書。しかし、彼女はお見合いの際、こちらの情報をまるで頭に入れずに当日を迎えたようだった。じゃなきゃ、俺の顔を見た瞬間、あんなに驚くことはなかったはずだ。

アメリカで交わした〝約束〟に、幸は戸惑っている雰囲気だった。そんな彼女が釣書を見て俺だと気づけば、即断られる可能性が高いと思っていた。

それでも俺が余裕でいられたわけは、彼女が自社に在籍していることを知っていたから。必ず会えると確信していたため、悲観的にならずに構えていられたのだ。

彼女は祖母を安心させるために結婚を考えた、というような話をしていた。

なのに、釣書を見ないというのは……。

瞼を下ろし、お見合いで再会した日を思い返す。

『誰かのために――表向きだけでも引き受けた、とか？』と、指摘したとき、幸は否定しなかった。

『誰かのため』は『祖母のため』で、彼女自身はやはりそこまで結婚に前向きにはなれなかったのかもしれない。

まあ、どれも推測でしかない。真相は彼女に聞くしかないだろうな。

おもむろに下を向き、「ふう」と息を吐く。

「まあ、とりあえずひとつずつ、ゆっくりといくか」

本心は……ひとつずつ、ゆっくりなんて余裕もないほど、彼女への情熱が俺の中に溢れ出している。だが、俺はその感情をどうにかセーブした。

なにごとも結果を急いでもいいことはない。目下の目標は、俺が恋人だと彼女に意識してもらうこと。

社内でアプローチするのは彼女を困らせる。よって、あまり得策ではない。とはいえ、あの同部署の男は……放っておいたら彼女との距離が近くなりそうな雰囲気だったな。

以前、商品管理本部を訪ねた際に見たふたりの距離感が引っかかった。それで思わず、業務アドバイスの体で彼女に接触をしてしまったくらいには嫉妬している。

須田という男性社員を思い出し、今も胸がもやりとする。

本音を言えば、須田に直接牽制《けんせい》したいところ。だがそうすると、幸が仕事をしづらくなるだけだ。彼女が内密にしたいと望んでいる以上、感づかれるような言動はご法度だろう。

冷静に数秒考えたのち、楽観的な結論に落ちついた。

秘密の社内恋愛を幸と経験するのも悪くない。須田を意識する余裕もないくらい、幸には俺を見てもらう努力をする。今はそれでいい。

決意を固めた俺は、デスクの縁に浅く腰をかけてスマートフォンを操作した。

【了解。じゃあ、月曜の終業後はデートしよう】

やや強引な誘い文句かとも思ったが、すぐに『かしこまりました』のスタンプが返ってきて口元が緩む。

スマートフォンをデスクに置き、釣書を閉じて引き出しにしまった。それから、途中だったネクタイをしめる。

「さて……どうしようかな」

月曜日にデートを取りつけた俺は、浮き立つ気持ちで準備をして家を出た。

月曜日を迎えた。

ようやく幸に会えると思うと、普段よりも三十分も早く出社してしまった。

自分にこんな純粋な部分があったのかと苦笑しつつ、気持ちを落ちつかせた。

互いに本社勤務とはいえ、そう簡単に彼女の顔を見ることは叶わない。第一、内密にしてほしいとお願いされた手前、破るわけにもいかない。

浮つきそうな自分を律しつつ、業務に就く。そうして終業時間まであと一時間となった頃、銀座《ぎんざ》店へ視察に向かった。

七階催事場では『ベーカリーフェア』を開催している。

すべて個包装で販売していても、パンの香ばしい匂いがフロアに広がっている。

十メートルほど離れた場所から、遠目で催事場を確認するも大盛況。あれやこれやと多くの種類のパンに目を輝かせるお客様を見て、自然と口角が上がる。

そのとき、多くの人が賑わう中でひとりの女性に目が留まった。

後ろでひとつにくくった艶やかな髪。背筋が伸びていて美しい姿勢のパンツスーツ姿の彼女は……間違いなく幸だ。

幸は売り場の確認をしているのか、その横顔は真剣そのもの。

ふと、彼女の近くに須田がいることに気がついた。

仕事に夢中になっている幸を隣で見つめる須田の視線が、妙に引っかかる。

モヤモヤした心境でふたりをうかがっていると、幸がメモを取り出してペンを走らせていた。そして、須田が肩を密着させるようにしてメモを覗き込む。

ふたりの距離が近すぎると思うや否や、気づけば勝手に足が動いていた。

「新名さん」

俺が幸の名前を呼んだ瞬間、彼女はこちらを振り返る。俺の顔を見た途端、なんともいえない表情を見せた。

必死に平静を保とうと試みて眉間に皺を作ってしまったような、険しい顔に。

「菱科ＣＥＯ、お疲れさまです」

須田が俺に挨拶をすると、幸もそれにならって頭を下げる。

相変わらず近い距離感のふたりに、急激に心が狭くなった。

「お疲れさま。奇遇だね。商品管理本部のふたりに、ここで会うとは」

「そうですね」

はきはきと答える須田には笑顔を返し、俺はあえて幸の目の前に立って問いかける。

「進捗はどうかな？」

現在抱えている仕事のことだけでなく、今夜の約束に支障がないかを確認する意図もあり、質問を投げかけた。

意図が正確に伝わらなくても別にいい。こういうちょっとした〝遊び〟もなければ。この先、ずっと社内で他人行儀を続けるのもつまらない。

彼女はこちらを見上げ、俺の真意をなんとなく感じ取ってくれたのか、ぽそりと答える。

「じゅ、順調です。おそらく残業も必要ない……かと」

幸の小さな耳がうっすらと赤くなっている。

彼女の反応に満足した俺は、横に立っている須田へも忘れずフォローする。

「コンペ。須田くんのも楽しみにしてるよ」

「え？　あ……！　はい、頑張ります」

彼はさっき俺が幸に質問した内容に首を傾げるような顔をしていた。だから、それっぽい口実をさりげなく口にして、彼に疑問を抱かせずに納得させた。

再度ちらりと幸を見やれば、俺に向かってじとっとした目を向けている。

「じゃあ、頑張って」

俺はそう言い残してふたりに背を向け、エスカレーターを目指して歩きだす。

須田とふたりで並んだ姿が頭から離れない。

いつから俺はこんなに余裕のない男に成り下がったんだ。これまで、こんなことは一度だってなかった。細かな事情はどうあれ、今彼女は俺の恋人になった。一歩前進したはずなのに、どうしてこうも感情のコントロールがきかない？

エスカレーター目前、無意識に歩調を緩める。

幸のあの仕事に熱中する姿や、充実して楽しそうな笑顔を一番近くで見たい。須田はそれが叶っているから、嫉妬してるのか……。

初めての感覚に戸惑いを覚え、思わず苦笑する。

「新名さん？　まあ、久しぶりに顔を見た」

そのとき、後方から女性のうれしそうな声が響いた。しかも聞こえてきたのが幸の名前だったから、思わず振り返る。

親しげに幸を呼んだのは、年配女性のお客様だった。

「笠巻《かさまき》様！　いらっしゃいませ。ご無沙汰しております。本日は、妹様はご一緒ではいらっしゃらないのですか？」

幸は女性客の名前を口にし、笑顔で対応する。

笠巻様という女性客は、幸の手を取り本当にうれしそうに顔を綻ばせた。

「妹はちょっと風邪気味だからと家にいるの。妹もあれから新名さんに会いたがっていたのよ。風邪をひいてなければこうして会えたのに、残念ね」

「私も残念です。早くご体調がよくなりますように」

「ありがとう。伝えておくわ。それより、聞いたわよ。あなた、今は販売員とは別のお仕事になったんでしょう？　会えないはずよねえ」

どうやらあのお客様も幸を気に入っていたらしい。

俺は咄嗟に近くの柱の陰に身を潜め、こっそり様子を見届ける。

「はい。春に異動になりまして。現在は販売員ではなく本社に勤務しております」

「やっぱりそうなのね。何度売り場に来ても姿が見えないから、別の方に聞いたのよ」

「それは大変ご心配とご迷惑を……」

再会を喜ぶふたりを見た須田が、気を利かせてか幸になにかひとこと声をかけて、その場から離れていった。

幸は改めてお客様と向き合う。

「ただ不定期ではありますが、こうして店舗を回っておりますので、お見かけくださった際にはぜひお声がけください。私もうれしいです」

「まあ。また相談に乗ってくれるの？」

陰で会話を盗み聞きしている罪悪感はあったものの、彼女に魅入られたお客様の弾んだ声にこちらまで胸が高揚する。

「もちろんです。ただ別の仕事も抱えているかもしれませんので、その場合には大変恐縮ですがお時間のご相談させていただけますか？」

「わかったわ。大丈夫なときはぜひ、付き合ってちょうだい。ああ、でも今日会えて本当によかった。それじゃあ、また今度ね。次は妹と来るわ。お仕事頑張って」

「はい。ありがとうございます。またぜひお待ちしております」

幸は丁寧にお辞儀をして見送る。女性客は歩きつつも、何度か幸を振り返りながら遠ざかっていった。

幸は姿勢を戻したあとも、女性客の背中がどれだけ小さくなっていっても、ずっと笑顔で見送っていた。

女性客が完全に視界から見えなくなったタイミングで、俺は幸の前に姿を現す。

幸は目を丸くした。

「あ……さっき戻られたのでは」

「日本橋店の小さなコンシェルジュは、銀座店でも同じだったのか。君がここで働いていたのは約一年間だったろう」

たったそれだけの期間であんなふうに慕われるまでになるのは、なかなかない。

俺が感心すると、彼女は別の部分で引っかかったらしい。

「え？　小さなコンシェルジュ？　なんですか？　それ」

彼女の反応に、今度は俺が目を白黒させた。

「知らなかったのか」

というか、周囲がそうささやいていても目の前のことに夢中になって、聞こえていなかったのかもしれないな。

脳内であれこれと考えて答えに間が空いたせいか、幸は肩をすくめ、怖々といった様子で俺をうかがっていた。

おそらく、『自分は集中しすぎる』という欠点ばかりに気がいって、長所どころではないんだろう。

「な、なんでしょうか？　ちょっと聞くのが怖いのですが」

「ふ、いや。怖がることはなにもないよ」

目の前のことに一生懸命な彼女を見て、うっかり触れてしまいそうになった。

俺は平静を装い、ひとつ咳払《せきばら》いをして答える。

「君が特定のお客様に猛烈に気に入られて、フロアをまたいで接客することがあるって聞いた」

「ああ！　それでそういう……。その件は、社員の皆さんにご迷惑をおかけしてしまって……担当フロアから抜けることになるので」

幸は思った反応とは違い、気まずそうにそう言った。

彼女の接客にスポットライトを当てて見ていたが、確かにその皺寄せはフロア内にくる。

「当時のフロアマネージャーはなんて？」

「初めは自重するよう注意を受けたんです。私も、お客様のご期待に添いたいけれど、組織の一員ということを念頭に置き、納得して切り替えたんですが」

難しい問題だとは思う。お客様の要望にできる限り応えたいところだが、お客様はそのひとりだけではないから。心苦しいが、フロアマネージャーの判断は間違ってはいないだろう。

「それで?」

合いの手を入れ、彼女の言葉を引き出す。

「とあるお客様がフロアマネージャーに直談判を……。その方、別の店舗のお得意様だったようで無下に扱うことも憚《はばか》られたらしく……。結局ピークタイムを除くという条件で承諾したんです」

「それは……君は平気だったのか? ほかの社員の反応とか。フロアマネージャーに、どうにかうまく断ってもらうこともできたんじゃないか?」

どんな事情でも内容でも、彼女が『特別』という枠に入ったと認識されれば、面白くない人間もいたかもしれない。彼女のせいで仕事の負担が増えるだとか、ルールが曖昧になるだとか、いろんな難癖をつけられてはたまったものではないだろう。

幸が過去に一度でも働きづらさを抱きながら過ごしていたのかもと思うと、なんとも居たたまれない思いになる。

けれども彼女は、あっけらかんと返す。

「特に断ってほしいとは思いませんでした」

「……なぜ？」

「うーん。単純ですが、可能ならお客様のご希望に応えたかったから……ですね。お買い物を楽しんでもらいたいだけです。そのお手伝いになるならいくらでも、っていう気持ちで仕事をしていました」

俺はこれまで多くの人たちと接してきた。彼女のその答えは、会社のトップである俺にいい印象を与えようとして発した言葉ではないとわかる。

「それに、ほかのスタッフもフォローするから大丈夫って言ってくれてましたから」

「そう……。だが、稀《まれ》に無理難題をふっかけてくる人もいるだろう」

「大抵の場合はお話を詳しく伺えば、トラブルに発展することなく済みますから」

笑顔で即答できるところを見ると、嘘はないのだろう。

彼女にかかると、どんなお客様も心を満たされるのかもしれない。

「さすが接客のプロだな」

感嘆の声を漏らすと、幸は困った顔をして笑った。

「確かにプロ意識を持つよう研修で教わったのでそうかもしれませんが、ここだけの話、私は販売員としてフロアに立っているときは、プロということをあまり意識していないんです」

ばつが悪そうに視線を逸らしていたかと思えば、はっとして俺を見る。

「あ、そんなこと菱科CEOに言えば問題ですね。それよりもさっき、私がここに勤務していたのが約一年間だって……もしかして、社員全員の異動歴が頭に入ってらっしゃるのですか？」

大真面目な顔で聞いてくるものだから、思わず一笑した。

「残念ながら、社員全員は無理」

うちの社員全員となれば、相当な人数。いくら外商時代に顧客をはじめ、多くの取り扱い商品データを頭に入れていた俺でも、さすがに社員全員分を頭に入れることは不可能だ。

「そ、そうですよね。失礼しました。つい」

幸はふっと俯いて目線を逸らした。

きっと彼女は今、疑問を抱いて懸命に答えを探っている。

俺がほかの社員の情報は出てこないのに自分については知っていた、その意味を。

つい好奇心が顔を覗かせ、悪戯に彼女の耳元に唇を寄せてささやく。

「君だけ……って言ったら、どうする？」

刹那、彼女は反射的に耳を押さえ、潤んだ瞳で俺を見上げた。そして、すぐさま顔を横に背ける。

——おい、勘弁してくれ。

その横顔は恥じらいの表情が滲み出ていて、かわいらしさを隠しきれていない。

想定外の反応を目の当たりにして、俺は一瞬、ＣＥＯとしてここにいることを忘れそうになる。

この両手で赤らんだ頬を包み込みたい衝動を抑えるべく、俺は理性を総動員させた。

自分で仕掛けて自ら窮地に陥るだなんて、どうしようもない。

心臓が大きな音を立てる中、俺は必死に平然を演じる。適正な距離を取り、しれっと訂正した。

「嘘。一応本社の人間の直近の異動歴は憶えた。だから、君だけってことはない」

「そ……そうでしたか。あの、すみませんが、そろそろ。下で須田さんが待っているので失礼します」

幸は淡々と言って、そそくさと去ろうとする。俺の横を颯爽と過ぎ、あっという間に背を見せた。

「待って」

彼女の後ろ姿に向かって思わず呼び止める。

「今夜、楽しみにしてる」

幸はきょとんとするのも束の間、瞬く間に赤面する。

彼女は会釈をするや否や「失礼します」と言い残し、小走りで行ってしまった。

不必要に接触するのを拒まれていたのに、我慢できずに近づいてしまった自己嫌悪はある。しかし、それ以上に彼女の新たな一面を見られたことの喜びが勝っていた。

「……これはまずいな」

店内でひとり佇み、ぽつりと漏らす。

三十数年生きてきた中で恋愛経験は多少ある。結果、自分は恋愛においても冷静に考えられるタイプだと思ってきたのに、こうもたやすく覆されるとは。

右手を口元に添え、幸が去っていった方向を見つめる。

毎度あんなふうに素直な反応を見せられたらな。駆け引きなどは無縁な人だ。

つまり、彼女のあれらの表情すべてが本音だとわかっているから、こっちも疑う余地なく無条件でうれしくなる。うっかり気を抜けば、彼女の無垢《むく》さに引きずられて、俺までポーカーフェイスを崩されそうだ。

静かに呼吸を整え、気持ちを落ちつかせる。幾分か平常心に戻ったところで、手を戻した。

実のことをいうと、幸の異動歴だけは直近データだけでなく、ほぼすべて頭に入っていた。それは最近調べたわけではなく、彼女の接客を目の当たりにしてからというもの、彼女の経歴を知りたくなって……。

とはいえ、さすがにこのことは本人も反応に困るだろう。

ここにいるのは自分だけだというのに、ばつが悪くて咳払いをする。

「今はまだ黙っとこう」

俺はさらにひとりごとを重ね、その場をあとにした。

午後七時前。待ち望んでいた連絡にすぐさま仕事の手を止め、数分で支度を終わらせてCEO室をあとにした。

幸と合流したあとは、俺のお気に入りのフレンチレストランを訪れた。

食事を終えてパーキングに向かう道すがら、幸は申し訳なさそうに視線を落として言う。

「ごちそうさまでした。美味しかったです、とても。ですが、こう毎回素晴らしいお店ばかりへ……それもごちそうしていただくのは、いささか気が引けます」

俺はさりげなく彼女の手を握り、さらりと返す。

「まあ、好きな女性の前でいい格好をしたいんだな、とでも思ってて」

「うーん。けれど今は、その……データ収集中とはいえ一応恋人なんですよね？　自然体で過ごさなければ意味がなくなるような」

こういうシチュエーションでは、頬を赤らめて照れながらこちらの言葉を黙って受け入れる、そんな流れを想像するところだが、やっぱり彼女は違う。

眉をひそめて唸《うな》り声を漏らし、大真面目に疑問を口にする姿がなんだかおかしい。

そんなふうに思っているとパーキングに到着する。

俺は愛車を解錠する流れでトランクを開けた。

いまだ難しい顔をしている幸へ、花束を差し出す。

「自然体だよ、これが俺の」

「えっ……？」

メインは橙色《だいだいいろ》のカトレア。ほかにビタミンカラーで揃えたバラやガーベラなどを添えた花束を、動揺する幸に渡した。

「誕生日おめでとう」

月曜日にもかかわらず半ば強引にデートの約束を取りつけたのは、今日が幸の誕生日だと知っていたからだ。彼女が生まれた特別な日を、一緒に祝いたかった。

幸はしばらくなにも言わずに、茫然と花束を見つめる。

「これが菱科さんの自然体だとしたら、完璧すぎます……。レストランでだって、まさかあんな……」

彼女を驚かせたのは花束が初めてではなく、レストランが先だった。

レストランでは彼女の誕生日を祝うためのメニューにしてもらった。デザートは小さなホールケーキ。そこにメッセージ入りのチョコプレートを添えてもらった。

「運よく、恋人になってから初めてのデートが君の誕生日だったんだ。張りきるのも当然だろ？」

意気揚々と返すと、彼女はどう感情を表現していいのかわからず困っているようだった。花束を見る素振りをしつつ、顔を半分隠してつぶやく。

「第一、今日は何時に会えるかはっきりしていなかったのに、あのお店の予約はどうしたんですか？　ご迷惑をおかけしてしまったんじゃ」

「あの店のオーナーとはもうだいぶ前から懇意にしてもらっているからね。こちらの事情を話したら喜んで協力してくれたよ」

有名店や腕のいいシェフがいる店を食べ歩くのは、仕事の一環でもあった。

そんなことを繰り返しているうち、お気に入りの店がいくつもできていた。今日利用した店もその中の一軒だ。

幸は俺の言葉が真実かどうかを見極めるべく、ジッと見つめてくる。よっぽど他人に迷惑をかけたくないのかもしれない。もちろん、迷惑をかけたい人間なんていないだろうが、彼女は人一倍敏感なのかもな……。

俺は助手席のドアを開け、幸を中へ促した。彼女がおずおずとシートに座るのを見届けてからドアを閉め、自分も運転席へ乗り込む。

シートベルトをしめ、エンジンのボタンに手を伸ばしかけて、ぴたりと止める。

「趣味なんだ。美味しい店を食べ歩くのが。だから、君は俺の趣味に付き合わされているだけと思ってくれたらそれでいい」

「趣味……」

「そう。自分で作ることができないぶん、誰かが作った美味しいものをいただいてる」

冗談交じりに笑って言った。嘘はひとつもついていない。

幸は花束に視線を向けたまま、ひとこと尋ねてくる。

「毎日あんなフルコースを？」

「まさか。ファミレスだったり町中華だったり。ファストフード店にも行くよ」

俺が即答すると、彼女は怪訝《けげん》そうな顔をこちらに向けた。

『本当に？』とでも言いたげだ。幸は感情が全部顔に出ているから面白い。

「意外？　それともがっかりした？　毎晩フルコースを食べてるって言えばよかったかな」

「がっかりなんて。……少し意外だなとは思いましたけど。あ、もしかして以前おっしゃっていたことを実践されているのですか？」

「以前？」

「『あらゆるものに興味を持ち、知見を深めることも大切だ』『その経験がお客様へ新しいものを提供し、伝えられるきっかけにもなりうる』という話です。菱科さんなら、そういうことを意識しているのかな？と思って」

真剣な面持ちの彼女を見て、改めて驚かされる。

この子はどこまでも……。

「本当に仕事熱心なんだな」

「あっ。見当違いでしたらすみません。どうか聞き流してください」

確かにひとつのことに集中し始めると、思考がそちらに引っ張られる人なのだろう。仕事とプライベートの境界線が引けないタイプで、仕事に重きを置いている現状だ。

おもむろに彼女の頬を手の甲で撫でた。幸は飛び上がるほど驚いた顔をしたものの、拒絶はせず、緊張からか硬直した。

決して彼女を困らせたいわけではないのだが……俺がもう遠くから見ているだけでは物足りなくなっている。

こうして触れられる権利を得た今、余計に――。

「そんな幸にもうひとつ渡したいものがある。このあと家まで来てほしいんだけど」

「家？　あの……明日も仕事ですし……。今日じゃないとだめ、ですか？」

警戒されるのは気にならなかった。むしろ、少し安心した。考えたくはないが、もしも今後別の男に言い寄られたとき、その警戒心をフル稼働してほしいから。

それと、単純に俺を意識しているのだと捉えたらうれしくなった。

「今日は特別な日だから、あと少し一緒にいられたらと思って」

あまり欲張ると罰が当たる。

下心がまったくないとはいえないが、今の言葉に嘘はない。ただ、彼女と少しでも長く時間を共有したい。

そのためには、過剰に警戒されないように距離感を正し、今ばかりは恋人の雰囲気を消す。

幸は俺を一瞥したあと、手の中の花束を見つめる。しんと静まり返る車内で返答を待っていると、「わかりました。少しだけ」とひとこと返ってきた。

俺の自宅は本社から車で十分程度のタワーマンション。

エントランスをくぐってすぐ、幸が廊下の奥にあるガラス張りの部屋を見て足を止めた。

「あれって、もしかしてキッズルームですか？　ガラス越しに小さな滑り台とかが見える……」

「そう。午前九時半から午後六時まで、入居者は自由に利用できるらしい」

「へえ～。こういうマンション、初めて来ました。外観はスタイリッシュだし、設備も最先端という感じですね。人気がありそう」

「ファミリーの入居者がわりといるようで、見た目の印象はホテルライクかもしれないが、雰囲気はアットホームさを感じるところが気に入ってるんだ」

物件がいろいろとある中でここを選んだ理由のひとつは、子ども連れの家族を身近で感じられるような気がしたためだ。

普段あまり接点のないファミリー層のマーケティングを行う、いい機会になるのではと。

キッズルームを眺めていると、幸がわずかに口角を上げる。

「なるほど。なんとなく、菱科さんがここに住んでいる理由がわかった気がします」

「はは。それはたぶん『正解』だな。自分で気づいていなかったが、俺も幸に負けず劣らず仕事人間かもしれない」

俺が冗談交じりに言うと、幸は目をまんまるにする。それから、くすくすと笑いだした。

エレベーターで向かうは、最上階である四十五階にある一室。

3LDKで二十畳近くある広々としたリビングと、大きな窓から望める景色がお気に入りだ。休日はソファに座り、時間の経過とともに街の風景の雰囲気が変わりゆくのを眺めている。

俺は部屋の前でカードキーをかざしてドアを開けると、先に幸を通す。

彼女は玄関や廊下の広さ、デザインなどにしきりに感嘆する。リビングに到着すると、今度は俺が好きなパノラマウインドウに釘づけになっていた。

眼下に広がる夜景のように、瞳をキラキラとさせている幸の横顔に頬が緩む。

「飲み物を用意するから、幸は手を洗ったあとはソファでゆっくり休んでて」

上着を脱ぎ、手を洗ったあと、さっそくウォーターサーバーからティーポットとティーカップにお湯を注ぐ。それを一度捨て、トレーに置いた。

ふと、ソファにちょこんと腰かける幸を見た。彼女の顔には〝緊張しています〟と書いてある。その緊張を解すべく、トレーを彼女の前のローテーブルに置きながら言った。

「料理はできないけど、紅茶とコーヒーくらいなら淹れられるから安心して」

「いえ、そんな心配はしてませんから」

幸は慌てて首を横に振り、そう言った。

まだ緊張は抜けないかな、と心の中で苦笑して、ティーポットに茶葉を入れる。すると、幸がティーポットの中を食い入るように見つめながら尋ねてきた。

「フルーツティー？　これ、昨年の春にフェアで取り扱っていたものじゃないですか？」

幸の指摘に驚嘆する。

「すごいな。そうだよ。疲れたときには、この上品な香りとほどよい甘みが美味しくて何度かリピートしてる。ノンカフェインだし、さっき幸がデザートプレートを食べているときにフルーツが好きだって教えてくれたし、ちょうどいいなと思って」

「やっぱり！　茶葉もかわいいし、ティーポットがオシャレ！　私、ティーポットを持っていないので……。いいですね」

ティーポットの蓋《ふた》をトレーに置き、再びウォーターサーバーからお湯を注ぐ。幸のもとへ戻ると、蓋をしてくれた。

「わあ！　ガラスのポットに乾燥させたフルーツやミントがいっぱい。映えますね！」

幸はガラス製の丸型ティーポットの中で、お湯の対流によって茶葉がゆっくり開いて動くのをジッと見つめて歓喜する。

確かに、一般的な紅茶なら茶葉だけでそこまで華やかさは感じられないが、これはフルーツティー。それもドライフルーツが含まれた茶葉だから、色合いや形など目を引くものがある。

幸はさらにぽつりとつぶやいた。

「確かこれはジャンピング……」

『ジャンピング』というのは、今目の前で起きている茶葉の動きを表す言葉。

昨年のフェアが開催される前に、茶葉を扱うメーカーを招いた研修会で習ったのだろう。

「ああ。そういや、来月催事場で出すだろう。〝冬のティーブレイク〟だったかな」

「そうなんですよ。私が前任の方から引き継いだ企画です」

幸は弾んだ声で答えている今も、ずっとティーポットの茶葉に夢中だ。

「幸、堪能してるところ悪いけど、そろそろだ」

「あっ、すみません」

茶葉を蒸らす時間は約三分。俺はティーポットを傾け、茶漉《ちゃこ》しを通してカップに注いだ。

密かに幸を横目で見たが、相変わらず瞳を輝かせて水色を見続けている。

興味を抱けば、ひとつひとつ夢中になる姿が無垢な子どもみたいで、こっそりと笑った。

「どうぞ」

「ありがとうございます。いい香り……いただきます」

カップに華奢《きゃしゃ》な手を添え、長い睫毛を伏せてゆっくり息を吸う。再び瞳をあらわにすると同時に、彼女はこの上なく幸せそうに破顔した。

「美味しいです！　以前試飲でいただいたものと違うフレーバーですが、私はこっちのほうが好きかも」

「それはよかった」

幸はすっかり緊張も解れた様子で、ふた口めを楽しんでいた。

「幸」

ティーカップをソーサーに戻したタイミングを見計らい、片手に乗るくらいのショッパーを彼女に渡す。

幸はそのショッパーを見て、くりっとした瞳を俺に向ける。

「これは？」

「プレゼント」

「え？　ですが……プレゼントはさっき素敵な花束を」

動揺する幸の手にショッパーを持たせ、ささやいた。

「プレゼントはひとつって決まりはないだろ？　開けてみて」

俺にそう言われた幸は、おずおずとショッパーの紐につけられていたリボンを解く。

そして、中から小箱を取り出し蓋を開いた。

「ネイル……？」

贈り物用の小箱にはアイボリーのペーパーパッキンが敷きつめられ、その上にネイルボトルが四本並べられている。

幸はネイルボトルをひとつずつローテーブルに並べ、最後のひとつを手に取り顔を綻ばせた。

「かわいい……。これ、最近プレスリリースの記事で見ました。美容効果もあって発色もよくて、従来のネイルポリッシュに比べて速乾で長持ちだって」

興味を示す幸の指先は、今はネイルも塗られておらず、素の状態。

初めて一緒に食事をした日。幸は、最近は忙しくて爪のケアも最低限だけだと話していた。そのあと、恥ずかしそうにサッと手を隠した彼女の、居たたまれなさを押し隠すような表情が忘れられない。

おそらく、販売員のときは爪の管理にも気を配っていたのだろう。お客様と関わる以上、身なりに気を使っていたのはなんとなく見て取れたから。

そして今は、まだ慣れない仕事を優先し、打ち込んでいるため、自分に時間をかけられないのではないかと考えた。

幸いなことに、俺は外商部にいた経歴がある。そのときの知識で、どのブランドのどんなシリーズが人気かはわかる。加えて、コスメにかかわらず今もなお新しい商品はチェックをしているから、今回プレゼントを選ぶ際に困ることはなかった。

ローテーブルに並んだ四本のネイルポリッシュに視線を向け、幸に尋ねる。

「どう？　気に入った色はある？」

ヌーディーなピンク、少し明るいローズピンク、落ちついたパールベージュの三種類と、ベースコートとトップコートを用意した。

それらは、もちろんメーカー販売員にも人気色について聞いたが、最終的には俺が幸の好きそうな色、似合いそうな色を選んだ。

幸はジッと色を見比べて、ローズピンクを選ぶ。

「その色？　俺も一番気に入ったやつだ」

「そうなんですね。すごく素敵なプレゼントをありがとうございます」

一番が同じだとわかっただけで、こんなにうれしいとは思わなかった。

「今、塗る？　やってあげようか。心配しなくても、俺、手先は器用なほうだよ」

「えっ、いや！　自分で！」

幸は顔を赤らめて遠慮する。

「そう？　それは残念」

俺が幸の手を取ってわざとがっかりしてみせると、彼女は目を泳がせて「ごめんなさい」とこぼした。

「ふ、いいよ。じゃあ、俺の楽しみは次の機会に取っておく。ほら、よかったら今塗ってみせて？」

すると、幸は数秒考え込み、ベースコートに手を伸ばした。それから指一本ずつに、ゆっくりと刷毛を滑らせる。

手際よく、丁寧に工程を進めていき、トップコートを塗り終えたときには、彼女の白くて細い指先がローズピンク色で華やかになっていた。

「できた。あとは乾くまで少しの間、このまま」

彼女は両手の指を開いて、自分の爪をうれしそうに眺める。

「幸。下にずっと座っていたら足が痛くなる。ソファにおいで」

「はい。ありがとうございます」

ネイルに夢中だった名残りなのか、幸は警戒心なく俺の隣にすとんと座った。

彼女は自分の膝の上で、変わらず指を広げている。俺はそんな彼女の爪を、まじまじと見た。

「思った通り、幸によく似合う。綺麗だ」

心の声をそのまま口に出し、ふと幸の顔を見る。彼女は頬を今しがた塗り終えたネイルポリッシュと同じ、ローズピンク色に染めて潤んだ瞳を向けてきた。

今日、仕事中に見た表情と同じだ――。

あのとき一度、我慢した。だから、二度目だって耐えられる。

そう頭の中で思っていたはずなのに、気づけば彼女に手を伸ばしていた。

幸のうなじに指を滑らせる。彼女はピクッと肩を揺らし、両手を宙に浮かせた状態でじりじりとソファの端へ移動する。

潤んでいた瞳には困惑の色が浮かび、俺はそれをわかっていて徐々に距離を縮めていった。

ソファのアームレストまで追いつめたとき、幸が赤く小さな唇を開く。

「あ、あの、まだ乾いてないので……」

俺は彼女の華奢な手首を軽く掴み、爪を一瞥して微笑む。

「ああ。せっかく綺麗に塗れているからな。気をつけて」

「そ、そんなっ……！　ずるっ……ン」

次の瞬間、無防備な彼女の両腕の間をすり抜け、唇を重ねた。

一度口づけてしまったら、ストッパーが外れて二度、三度と甘い唇が欲しくなる。

ときどき滑らかな頬や首筋に唇を寄せ、四度目のキスを交わしたあと、おもむろに幸を見た。

羞恥心に満ちた表情を浮かべつつも、その瞳は蕩《とろ》けている。

好きな人のかわいい顔を前にして、いともたやすく理性が崩れていくのを感じた。

「菱科さ……」

「まだだ」

俺はトップコートが完全に乾ききっていないことを理由に、彼女の両手を頭の上に緩く拘束する。

幸を真上から見下ろし、一度気持ちを抑えて言った。

「……嫌なら、ネイルなんか無視して俺を突き飛ばして」

俺の質問に幸は一度目を大きくさせて、か細い声で弱々しく答える。

「わ……わかん……な……ぃ」

最後は瞼を固く閉じて横を向いてしまった。

怖がらせてしまった、追いつめてしまったと反省し、静かに彼女の頭を撫でる。

「本当に？　正直に言っていいんだよ」

この答えによっては、もう二度と彼女に触れられないかもしれない。

けれどそれは、我慢がきかなかった自分のせい。

粛々と受け止める覚悟で、彼女の血色のいい唇が動くのを黙って待つ。

すると、閉じていた目をゆっくりと開けた幸は、横目で俺を見ては小声で漏らす。

「……だって。データ収集は一緒にしなきゃ意味がないって言ったの……菱科さんでしょう……？」

わずかに小さな肩を震わせているのに、その魅惑的な唇からこぼした言葉は予想外に挑発的だ。

意地なのか、探求心なのか。どちらにせよ、俺の情欲をかき立てる。

俺は彼女の顔を両手で包み込み、こちらをまっすぐ向かせる。

「確かに。じゃあ、〝俺とのキスは嫌じゃない〟ってデータ結果でいい？」

幸の耳に直接そう告げると、俺は噛みつくようなキスをした。

「ひ、菱科さ――ふっ……ンン」

ときおり、くぐもった声で俺の名を呼ぶ彼女がかわいくて、何度も口づけを繰り返す。

気づいたときには、もうすっかりトップコートは乾いていた。

5．正直な気持ち

これまでずっと、私は不器用だって思ってきた。

心の底から思う。それは間違いではなかったと。

出社して、まだたった一時間……。全っ然、集中しきれない！

私は自分の席に着いて仕事を始めていたものの、明らかに昨日までとは違う心境に戸惑っていた。

今、そうなったわけじゃない。今朝会社へ来るまでの間、ずっとだ。

もちろん、頭を占めるのは昨夜《ゆうべ》のこと。

油断すればすぐさま菱科さんの顔が浮かぶ。私は懸命に払拭しようと、いつもなら自然とスイッチが入るはずの仕事モードに、意識的に切り替えを試みる。

そうしていざノートパソコンと向き合い、キーボードに手を置いた途端、綺麗になった指先が視界に入ってきて悶絶する。その繰り返しも、もう何度目か。

ああ……もう助けて。就業時間中だっていうのに、心臓まで正常な速さじゃなくなってきた。

周囲に気づかれないようこっそり嘆いていると、バッグの中のスマートフォンが振動した。短いバイブレーションはメッセージ着信だ。

手に取ると、画面には人気インフルエンサーの投稿更新の通知が表示されていた。

あとでチェックしよう。

スマートフォンをバッグに戻し、再びノートパソコンに向き合うと、やっぱり爪に目がいってしまう。私はぱっと自分の手を隠すように胸に押し当てた。

「はー」

瞼を伏せ、小さく息を吐く。

どうしても、このプレゼントをもらったところから、キス……までの流れが頭から離れない。このままじゃ、本当に仕事に身が入らないよ。

軽く首を横に振り、気持ちを切り替える。

心を落ちつかせ、再度ネイルを施した自分の爪を眺めた。

久々に手入れした爪を見ると、気分がいい。些細ではあるけど、こうやって自分の機嫌をよくすることは、巡り巡っていい仕事に繋がるはず。

販売員として売り場に立っていたときを思い出す。

憧れだった部署での仕事に慣れるのに必死で、自分のケアは二の次になっていたと気づかされた。適度な息抜きや好きなことへ時間を充てるのは、メリハリをつける意味でも重要だ。

次に会ったとき、きちんとお礼を伝えよう。昨夜は……正直そんな余裕もなく、帰宅してしまったから。

そうして迎えた昼休み。

きりのいいところまでやっておきたくて、ノートパソコンの画面に集中していると、スマートフォンが振動する。

またなにかの情報更新かな?と、軽い気持ちでスマートフォンのディスプレイを覗いた。瞬間、スマートフォンを隠すように勢いよくバッグへ戻す。

心臓がドッドッと大きく脈打つ中、もう一度バッグへ手を伸ばした。そろりとディスプレイを見て、【菱科京】の文字を確認する。

周囲をさりげなく見回すと、ほとんどの社員が出払っていて、部署内に残っている社員は遠い席の人だけ。

挙動不審に見えないように、さりげなくスマートフォンを操作する。メッセージを開いた途端、声をあげそうになった。

【今日の髪型もかわいい】

思わず自分の髪を押さえ、キョロッと部署の入り口付近を見た。もちろん、そこに菱科さんの姿はない。

今日の髪型とは、ハーフアップのこと。

私はいつも、ひとつに束ねて首回りをすっきりさせる髪型を意識している。それは販売員として勤務していたときに、そうしようと決めた。

作業しやすいようにというほかに、お客様が私にご用のある際に見つけてもらいやすくするために、あまり雰囲気を変えないようにしていたのだ。

実は今日すでに、トレードマークともいえるいつもの髪型ではないせいか、数人からちらほらと『めずらしいね』と声をかけられていた。

私はスマートフォンに向かって小声でつぶやく。

「もう……誰のせいで」

そう。これは紛れもなく〝菱科さんのせい〟だ。

私の首筋にうっすらと赤い跡が残っていることに気づいたのは今朝。だから私は、それを隠すために髪を半分下ろさざるを得なくなって……。

そこまで考え、恥ずかしさに耐えきれずスマートフォンをデスクに伏せた。

いったいどこで見たんだろう。あ、午前中は広報部とか経理部とかにも行ったし、その移動中とか？

自然と上がっていた呼吸に気づき、長い息を吐いて平常心を心がける。手を置いたままのスマートフォンを一瞥した。

「……これにどう返信すればいいの」

胸の奥がそわそわする。

私は気を紛らわせるため、席を立った。

久東百貨店本社には、三階フロアに広いオープンスペースがある。そこは商談に使ったり、打ち合わせに使ったり、ランチに使ったりと自由だ。

空いている席に座り、手製のお弁当を広げる。両手を合わせて心の中で『いただきます』と言い、食べ始めた。少しして、飲み物を用意するのを忘れていたことに気がつく。

私はお弁当に蓋をのせ、オープンスペース入り口付近の自動販売機へ足を向けた。

温かい緑茶を選んで、取り出し口から商品を取り出した。

直後、なにげなく数メートル先の廊下に菱科さんを見つける。

一緒にいるのは、たぶんうちの社員かな。男性ふたりと菱科さんがなにか話をしながら歩いている。

改めて、男性社員と比較すると菱科さんはスタイルがずば抜けていいことがわかる。ほかのふたりもスタイルはいいが、彼らよりも頭ひとつ分くらい背が高い菱科さんは、当然そのぶん手足も長く、モデル体型だ。

あれで顔立ちもよく、体も引きしまっていて、仕事もできるなんて。目立って仕方がない。

彼の隣に自分が立つ想像をし、すぐに居たたまれなくなって気配を消した。

だけど、その場からすぐ立ち去れなかった。なぜなら、もう少し菱科さんを見ていたかったから。

これは……そう。ミーハー心にも似たもの。目の保養的な？　綺麗なものって、じっくり眺めたくなるし。これまで菱科さんと一緒にいても、まじまじと見るチャンスなんかなかったし。

誰に説明するでもない言い訳を胸の中で並べていると、ふいに後ろから声をかけられた。

「新名さん、お疲れ」

驚く声をあげそうになったのをぐっと堪え、平然とした顔で振り返る。

そこにいたのは須田さんだった。

「お疲れさまです」

さりげなく菱科さんのほうへ背を向け、その場から離れようと試みたとき。

「なに見てたの？　あ、菱科ＣＥＯだ」

鋭く見抜かれ、この上なくうろたえる。

「あ、あの」

「目立つもんね。無意識に目がいくのもわかるよ」

あまりにあっさりした反応で、拍子抜けすると同時にほっとする。

とはいえ、このまま菱科さんの話題を続けるのは心臓に悪い。

私は通路側に背を向けて話題を変えた。

「ところで、再来週に控えているフェアの商品配置について、のちほど少し相談に乗っていただけますか？」

「うん、もちろん。そのフェアが初だよね、新名さんが担当するイベント。今のところ順調そうじゃない」

「ありがとうございます。といっても、企画から下準備はすでにほぼ終えているものを引き継いだだけなので、前任の先輩のおかげです」

それは、昨夜菱科さんとの間でも話題に上ったイベントのこと。冬向きの紅茶をメインに、それらに合うお菓子も並べる予定だ。

「そうかもしれないけど、積極的にメーカーとも調整してるし。販売員とも何度か売り場のイメージや課題の共有をしてるから」

「ついこの間まで現場にいた立場として、定期的に顔を出したいなと思ってるんですよ。やっぱり、こういうのはチームワークが大事なので」

いろんな面において、コミュニケーションは大切。イベントでなくとも、具体的な目標と、達成するためにどうするかを一緒に考え、共有しなくてはならないから。

特に売り上げが芳しくないとき。報告、相談、戦略の練り直しを早めに行うためには、日頃からの意思疎通が重要だと感じていた。

「新名さんのそういうところ見てると、自分も初心を思い出せて助かるんだよな」

須田さんは屈託なく笑ってそう言った。

お世辞だったとしても、自分の存在がいい影響を与えていると言われたら、素直にうれしい。

私も笑顔を返す。すると、視界の隅に菱科さんが入り込んだ。

ほんの一瞬、彼が歩き去っていく姿を目で追うと、彼もまた時間にして一、二秒だけ私に視線を送ってきた。さらに、菱科さんは視線を外す直前に私の首元に目を向け、うっすらと口角を上げる。その意味深な目に、咄嗟に自分の首に片手を添えた。

須田さんはなにも気づいていない様子で、雑談を続けている。

私は須田さんに相槌《あいづち》を打ちつつも、胸の中で感情が激しく揺さぶられていた。

たった数秒間視線が交わっただけで、こんなにも背徳感にも似た感情を抱き、ドキドキさせられる。

やっぱり昨日、キスマークはわかっていてつけたんだ。

あんな些細なアクションで、それがわかる自分がなんだか恥ずかしい。足が地についていないような、ふわふわした感覚から抜け出せない。社内恋愛をしている人は、こんな気持ちで毎日過ごしているの？

私なんか、こんな状況で仕事どころか先輩との会話もままならない。

仕事の面でマイナスになるとはっきり予測できているのに、なぜか私は『恋人関係の解消』の選択肢は頭に浮かんでいなかった。


その日、午後からはなんとか持ち前の集中力を発揮できた。

終業時間直前には広報部での用件を済ませ、自部署へ戻るためにエレベーターホールに足を向ける。あとひとつ角を曲がればエレベーターホールに着くところで、突然背後から腕を掴まれた。

私は心底驚き、勢いよく振り返る。

「なっ……えっ！　菱──」

その名を完全に発し終える前に、そのまま彼に腕を引かれ、近くの物品庫に連れ込まれる。

薄暗い部屋にもかかわらず、彼は電気もつけずに人さし指を口元に添えて「しっ」とひとこと。

突然の出来事に驚きを隠せず、いまだに気持ちが状況についていけていない私は、目を見開いて至近距離の菱科さんを見上げた。

「な、なにをしてるんですか」

ようやく言葉が出たかと思えば、そんなセリフだった。

菱科さんが社内のどこにいようが、それは不思議ではない。でも、終業時間が近いからって、こんなふうに接触してくるのは危険すぎる。

「いや、偶然会えたからつい」

あっけらかんとした答えに、開いた口が塞がらない。

「ついって！　だめじゃないですか、こんなの誰かに見られでもしたら！」

「幸だって、昼のあれはだめだろ？」

「えっ？」

昼のあれ……って、なにかあったっけ？

必死に昼のことを思い出していると、彼が先に答えてしまう。

「休憩中、少し離れたところから俺のほうをしばらく見てただろう」

僅差でその出来事を思い出していた私は、瞬く間に恥ずかしくなって顔を背けた。

昼休みのとき、確かに菱科さんと視線がぶつかった。だから、私があの場にいると気づかれていたのは理解できる。けれども、『少し離れたところからしばらく見てた』ことまで知られているとは思っていなかった。

途端に羞恥に襲われ、なにも言えなくなる。

よくよく考えたら、社内で菱科さんにちょっと見入ってしまったって、慌てる必要はなかったかも。そういう女性社員はわりといるようだし、社内での彼の注目度は、それくらい高いのだから。『菱科さんは目立つ存在なので』とか、適当に返事をすればよかった。

こんなふうに言葉を詰まらせ、あからさまに目を逸らせば『意識している』と思われてしまうのに。恋愛面ではことごとく失敗ばかりだ。

心の中で嘆いていると、菱科さんは私の腕を放し、優しい声音で話しだす。

「気づいてないとでも思った？　そんなはずないだろう？　俺はどこにいても幸を見つけられる。オフィス内でも店舗でも」

仕事とは違う、別の緊張感に襲われる。

恐怖はない。だけど平気でもいられない。

私が一ミリも動けず固まっていると、おもむろに彼の指先が私の耳輪を掠《かす》める。

わずかな刺激にたまらず目を閉じ、肩をすくめた。

「本当なら、このヘアスタイルのことだってメッセージじゃなくて、直接この耳にささやきたかったのに……って、あれ？　どうしてそんな顔してるわけ？」

彼の声が近くから聞こえる。

私に合わせて、わざわざ上半身を屈めて話すものだから、どぎまぎしてまともに会話もできない。

「そ、そ、そんな顔って、どんなですか」

顔どころか、自分がなにを口走っているかさえ冷静に考えられず、とにかく距離を取りたくて後ずさる。……が、すぐさま腰をとらえられて身動きが取れなくなった。

彼はパニック寸前の私の唇に、そっと指を置く。そして意味深な笑みを浮かべた。

「もしかして、昨日の夜のことを思い出したかな？」

甘い声で意地悪にささやいては、私の髪の毛を手のひらにすくう。さらには、毛先に唇を寄せてキスする仕草を見せつけるものだからたまらない。

「な……んのことですか？　まったく存じ上げません」

口ではかわいげなく抵抗するも、彼のそんな些細な仕草がくすぐったく、声にも足にも力が入らなくなっていた。耐えられなくて、最後にはまた目を瞑《つぶ》ってしまうありさまだ。

動揺していることは認める。でも、この状況において不快感がないことに困惑もしていた。

もしも、彼のその指先が私の顎をすくい上げ、唇を落としてきたなら……。私はきっと、抵抗するどころかここが会社だってことすら忘れ、受け入れてしまいそう。

これ以上はだめ。理性よ、働いて。平常心、戻ってきて！

流されそうになる気持ちにブレーキをかけ、グッと手に力を込める。心の中で三つカウントし、瞼を押し上げた。

すると、菱科さんの顔が目前にあっていっそう動揺する。

彼は私の顔をジッと見つめ、ぽつりとこぼす。

「こら。そろそろ怒って止めてくれなきゃ。このままじゃ図に乗るよ?」

「怒る?って……」

もはや、彼のペースに翻弄されて、言葉の意味さえ即座に判断できない。

至近距離の彼は、相変わらず私をまっすぐ見続けながら答えた。

「幸から言いだしたんだろう。社内では秘密だと。でもここはどこだ?」

ああ。菱科さんには余裕が残っているんだ。からかい半分でこんなことができるくらいに。

比べて私ときたら、余裕なんか一切ない。もしかすると、以前の私ならここまでうろたえずに簡単に突っぱねられたかもしれない。でも今はもう……胸がドキドキしてしまって……。

菱科さんが昨日、忘れられないようなキスなんかするから。

「ここは……誰もいない、物品庫です」

ひとり余裕綽々な菱科さんを責める気持ちも含め、小さく返した。

すると、彼は急に顔を横に向け、片手で額を覆う。

「……参ったな」

そのひとことに、ピクッと肩を揺らした。

彼が急にこれまでとは違った低く苦々しい声で、つぶやいたものだから。

なにか彼の逆鱗に触れたかと、息をひそめて彼の言葉を待つ。彼はひとつ息を吐いて、その怜悧な目をこちらに向けた。

「ふたつ言いたいことがある。まず、そのかわいい顔は社外でだけ……俺の前だけにして」

「は……？」

「もうひとつは——」

思考が追いつかないうちに、菱科さんは私の頭に軽くキスを落とす。

「なっ……」

「めちゃくちゃ好き」

私が異議を申し立てる気も消え失せるほどの、無邪気な笑顔。

これまで、菱科さんは年上ということはもちろん、その立場からいつでも大人で聡明で、ときどき狡猾《こうかつ》な一面も見せる、そういう男性。自分の言動や相手の出方などを緻密に計算して、ほぼ思い通りに事を運ぶ、そんな人だった。

菱科さんの恋人になったのだってそう。頭の回転が速い彼に、うまく言いくるめられた。どこか菱科さんの手のひらの上で転がされている感があったから、常に優位なのは菱科さんだって思っていたのに。

そうやって、心の底から『うれしい』って表情をして、頭の中が私でいっぱいみたいな反応をされると、ますます翻弄されてしまう。

彼から目を離せない。

そう気づいた直後、菱科さんが私の頬を撫でて言った。

「明日から出張続きなのもあって、しばらく時間がなくて……。でも来週の金曜の夜には仕事を全部片づけるから。会いたい」

あまりに切なく一途な瞳をして乞うものだから、体よく断ることもできない。

「わ……かりました」

菱科さんとはあくまで〝恋人お試し中〟の仲だ。恋人関係解消となる可能性もありうると考えたら、下手に深入りするべきではないのに。わかっているのに、実際は別の受け答えをして……矛盾している。

こんなこと初めてで、自分で自分がわからず迷子にでもなっている気分だった。

不安を抱いていた矢先、菱科さんは顔を綻ばせて私に柔和な眼差しを向けてくる。

その表情は、心の隅に残っていた迷いを忘れさせるほどの威力。

うれしい。なんともいえない喜びを感じる。

これまでも、祖母が笑顔になってくれてうれしいとか、お客様が喜んでくれてうれしいと感じてきた。

でもこれは……それとは違う。

今抱いている喜びは、誰かの気持ちを反映したものではない。自分自身が〝当事者として〟喜びを感じている。

ささいな違いだけれど、はっきりとわかる。

私の中で、菱科さんが確実に〝特別〟になってきていると――。


あれから十日が経ち、今日は金曜日。

『どこにいても幸を見つけられる』

そう彼が言ったから、いつ見られてもいいようにと、気を引きしめて仕事に向かっていた。

同時に、薄々感じ始めていた。仕事に恋愛を持ち込むことは当然ご法度だけれど、恋愛は仕事に張り合いが出る要素にもなりうるのかもしれない、と。

現に今、菱科さんは出張中だと知っているにもかかわらず、彼に見られるときを想定して、より真剣に仕事に向き合っている。

しかし、そう感じることができたのは、きっと相手が菱科さんだからだ。

菱科さんは、私が仕事の話をしても嫌がらない。興味なさげな態度も取らない。

いつも、まるで楽しみにしていたかのような目で、耳を傾けてくれる。自分のことみたいに、うれしそうな顔をしてくれる。

〝仕事を頑張る私〟を認めてくれている気持ちが本心だとわかるから、ときどきメッセージに書かれてある【頑張って】の言葉も素直に受け止められた。

頻繁に仕事の話をするのは恋人に嫌がられるのだと思っていた私にとって、菱科さんと過ごす時間はあまりに居心地がよすぎる。

胸の奥のじんわりした温かさを思い返していると、隣の席の須田さんが「新名さん」と声をかけてきた。

「見た？　上層部からの通達」

「はい。ついさっき」

社内に一斉送信されていた内容には、いくつか連絡事項が含まれていた。その中で、私が一番興味を引かれたものが、店舗の運営方針についてだ。

なんでも、今後は積極的に参加型フェアを取り入れていくといった内容で、もっとお客様と密な時間を共有するといった狙いが記載されていた。

「参加型は現場が大変ではあるけど、お客様がその間は滞在してくれるわけだし、もしお連れの方がいれば、そのぶん普段は立ち寄らない売り場にも足を運んでくれるきっかけにもなるよな」

「それに参加してくださっている方も、販売員や商品とゆっくり向き合えるので、これまで以上に購入を考えていただけるきっかけが増えるかもしれませんね」

「となると、今後の商品買いつけにはそういったことも念頭においていかないとな。企画案も然《しか》り」

「そうですね」

社員宛のメッセージに添付されていた書面の文末には、菱科さんの名前もあった。ああいった内容の通達には、ＣＥＯが決裁したという意で記名されているのだろうけれど、今回のはどうなのかな。なんとなく、菱科さんが積極的に動いた気がする。

だって、以前言っていた。

『素の笑顔を引き出したい』、『そんな店にできたらいい』と。

日に日に菱科さんのことを考える時間が増え、ごく自然に自分の中で存在感が大きくなっていっている。

ああ、認めざるを得ない。今、無性に菱科さんに会いたい。

『俺を納得させるようなものに仕上げるように。そこに私情は一切挟まないよ』と厳しく言い放つ菱科さんに、一社員として認めてもらいたい。

その気持ちは今も変わらない。けれども私は、きっと〝一社員として〟認めてもらうだけじゃ、もう足りない。

このまま彼の〝特別〟であり続けたい――そんな欲求を抱いてしまっている。

今日は、いつも以上にがむしゃらに仕事をした。

なぜなら、いよいよ今夜菱科さんに会えると思ったら、そのことばかりに気がいきそうだったから。邪念を払うため、とにかく仕事をこなしていたのだ。

そして今、菱科さんが私の部屋にいる。

築二十年の1LDKのアパートは、決して新しくはないけれどオートロックもついているし、なにより通勤時間が半減する立地だったから満足していた。だけど、まさかこの部屋に男の人を招き入れることなんか想像もしていなかっただけに、ちょっと落ちつかない。

リビングの真ん中に立っている菱科さんは、低めの天井に頭がつきそうに見える。

菱科さんのマンションが立派だっただけに、どう思われているか……。

「すみません。菱科さんのおうちに比べたら激狭で……落ちつかないですよね」

「そんなことないよ。ただ、幸の生活が見られてちょっと浮かれてるんだ。なにより、手料理を振る舞ってもらえたのが最高にうれしかったしね」

たった十日で、彼のまっすぐな物言いへの免疫が薄れてしまったらしい。さわやかに白い歯を見せる菱科さんを直視できない。

そもそも、なぜこんな状況になったのかというと、私が自ら提案したためだ。

待ち合わせして合流したのち、まずは食事にとなった流れで、私が言った。『うちに来ますか？』と。

だって、菱科さんってば『和洋ときたから、次は中華かな？』なんて平然と言うんだもの。そんなの絶対にまた、驚くくらいの高級店になる気がしたし、いつもごちそうになってばかりで申し訳なく思ったのが一番の理由だ。

とはいえ、『最高にうれしかった』だなんて言われて、恥ずかしいやら申し訳ないやら……。ありふれた料理しか作れなかったのに。

私は壁つけキッチンで食器を洗いながら、苦笑する。

「私の生活といっても、趣味という趣味もないのでつまらないでしょう？　仕事ののしかなくて」

「つまらなくなんてないさ。幸、俺も洗い物手伝うよ」

「いえ！　すぐ片づけちゃうので。見ての通り流し台も狭いですし。どうぞ菱科さんはそちらのソファでゆっくりしていてください」

すると、菱科さんはキッチンから離れていく。

そばにいるとドキドキしちゃうから、今のうちに片づけを終わらせなきゃ。

最後の食器を水で流しているとき、ふいに質問される。

「幸は家でも仕事ばかりしてるのか？」

「えっ？　あ、それ……」

振り返ると菱科さんが一冊の本を手にしていた。

それはバイヤーやMD向けのビジネス書。最近図書館で借りてきたものをダイニングテーブルに置きっぱなしだった。

「す、すみません」

私は蛇口の水を止めて振り向き、タオルで手を拭きながら反射的に謝る。

「どうして？　謝る必要はどこにもないだろう」

責められなかったことに、ぽかんとする。

元カレは私生活に仕事を持ち込むことを極端に嫌がる人だった。だから、たとえばこの状況だったら、『これ見よがしに本を置いてる』なんて嫌みのひとつも言われていただろう。

あの頃の彼の反応がまだ記憶に残っていて、咄嗟に謝ってしまっていた。

いろんな意味でばつが悪くなり、菱科さんの顔色をうかがう。

彼はというと、私の本をパラパラとめくり、穏やかな雰囲気のままだった。

「まあ、ちゃんと休めてるかって心配にはなるけど」

優しい言葉をかけられ、ぎこちなく返す。

「一応……休みの日は睡眠時間を平日より長くとってます。あ、それに仕事はストレスじゃないですし。趣味みたいなもの、かも」

「そう。ならいい」

彼は本を閉じ、ダイニングテーブルの隅にきちんと戻した。

私は思わず菱科さんを観察するかのごとく、まじまじと見る。

「なに？　なにか言いたげだ」

「〝それ〟は、本音ですか？　いや……その、家に仕事を持ち込んでまで夢中になるのは、みんな嫌がることだと思っていて」

「みんな？」

「え……っと、そういう人がいたなあ……なんて思って、つい」

菱科さんには、元カレがきっかけで恋愛に消極的だとは説明したから隠す必要はないんだけれど……。やっぱり少し、言いだしにくい話題ではある。

気まずい思いで視線を泳がせていたら、菱科さんが近づいてくる。

「そうだなあ。俺は少なくとも仕事に妬《や》きはしない」

「そ、そうですよね」

菱科さんはそういう人だともうわかっているのに。菱科さんもまた、何度も疑われている感覚になって、不快だったかもしれない。

きちんと謝罪しようと意を決して顔を上げた、次の瞬間。

「けど、その元カレにはめちゃくちゃ妬いてるみたいだ」

菱科さんは蛍光灯を遮って私の顔に影を落とし、そう続けた。

私がどぎまぎしていると、彼は口元に妖しげな笑みを浮かべ、両腕をするりと私の腰に回して閉じ込める。少しでも動けば彼に触れてしまうから、私は身動きが取れずに固まった。

菱科さんはそんな私を見て楽しそうに頬を緩めると、優しい声音でささやく。

「俺は本当に構わないよ。何度も言っただろ？　仕事してる幸も好きだって」

にこりと笑っているのに、菱科さんから微かに激情を感じる。その正体が元カレに対する嫉妬だなんて、にわかに信じがたくて頭の中で打ち消した。

「ただまあ、家で仕事に夢中になってる幸を見たら、社内とは違って歯止めはきかないかも」

表情はさわやかなものなのに、その低く色っぽい声と私の髪に触れる手つきが官能的で、体が熱くなっていく。

視線のやり場さえままならなくて直立不動になっていたら、彼は結っていた私の髪留めを器用に外した。

髪の毛がはらりとほどけて肩の下で揺れる。

「ここから先は、俺でいっぱいにしていい？」

彼の蜜を含んだ甘い声は、いともたやすく私の思考を蕩けさせる。

彼しか見えなくなって、気まずさなど一瞬で忘れてしまうほどに。

「キス……させて？」

律儀に許可を取るみたいに前置きしたあとは、私の反応を見ながら徐々に鼻先を寄せてくる。

私が抵抗しないと確信すると、さっきまで紳士的だった人とは思えないほど情熱的な口づけをされた。

「……ふっ、う、ン」

息も切れ切れになるくらいのキスに、うまく応えられない。でも彼はそんなたどたどしい私でさえも、ときおり愛しそうな眼差しを向け、再び唇を重ねるという行為を繰り返した。

いつしか、彼の腕に体を預けてようやく立っている状態だった。

菱科さんを仰ぎ見ると、「ふふ」とうれしそうに笑う。彼の笑顔がとても幸せそうでこちらまで温かい気持ちになった。

次の瞬間、ふわっと体ごと抱え上げられる。

「わっ」

咄嗟に菱科さんの首に両腕を回し、どうにか体勢を整えた。

「この先は、幸の決定に従う」

「えっ……」

そんな選択を今、急に⁉

菱科さんを凝視するも、彼はわずかに口角を上げて黙って待つだけ。

彼は戸惑う私から一秒たりとも目を逸らさない。

熱い視線に、胸がきゅうっとしめつけられる。

――離れたくない。

衝動的な感情かもしれない。でも、これも私の本当の気持ちだ。

私は腕に力を入れ、彼の頭を引き寄せる。驚いている彼をじっと見つめ、思いきって頬にキスをした。そのあとは、恥ずかしさのあまり顔を見られなくて下を向く。

「……幸、寝室はそこかな」

菱科さんはぽつりとこぼすと同時に、私を抱えたまま歩きだす。

リビング続きの寝室へ入ると、ベッドに下ろされる。顔の横に両腕をついて見下ろされ、起き上がることもできなかった。

室内の明かりは、少し開いたドアの隙間から漏れてくるリビングの光だけ。その微かな光に横顔を照らされている菱科さんは、至極真剣な面持ちでいた。

心臓が早鐘を打つ。

「ごめん。幸に許された今、もう離せない」

彼の柔らかな唇はゆっくりとキスを落とし、頬、耳、首筋へと順に口づける。私は彼が与える刺激だけを追い、頭の中は彼でいっぱいになっていた。

菱科さんが、おもむろに私の顔に目を向ける。

「幸が気にしている〝目の前のことだけに夢中になりすぎる〟ところ、欠点なんかじゃないよ」

頭がふわふわとしていて話に集中しきれずにいたら、彼は頬から首、肩を伝って手のひらへと指先を滑らせる。

「菱……科さ……ん、う」

最後は指を絡ませ合うように手を握り、唇を塞がれた。

溺れる感覚にも似た息苦しさの中で、私は自分の呼吸も二の次で菱科さんのことしか考えていなかった。

彼はおもむろに唇を離し、両目を覗き込む。

「つまり幸は今、頭の中が俺のことだけになって、一生懸命応えてくれるんだろう？そんなの考えただけでかわいすぎる。現にもうかわいい」

私、もうずっと菱科さんのことばかり考えている。

目の前の彼を瞳に映し出すたび、胸が甘やかな音を立てている――。

彼は私の顎に触れ、至近距離でそっと言う。

「もっと……もっと俺に夢中にさせるから。そのまま俺だけを感じてて」

直後、濃密なキスに思考を溶かされる。じかに肌を撫でられる感触に羞恥心と高揚がいっぺんに押し寄せてきた。

自分の欠点を、ここまで肯定して包み込んでくれる人と出会ったことはなかった。

菱科さんの腕の中は、肩肘張って自分を偽る必要もなく、罪悪感を抱くこともなく、今このときを思うままに過ごせばいいという、初めての心地だった。

どうしよう。

きっと私、このまま彼に溺れて、そこから抜け出せなくなる。


そして、あっという間にもう水曜日。

あれから数日経った今も、ふとしたときに菱科さんを思い出し、恥ずかしい気持ちと同時に胸が温かくなっていた。

金曜の夜は、あの流れで菱科さんがうちに泊まった。

翌日は都内近郊をドライブデートし、その夜は彼のマンションへ。結局別れたのは、日曜日の夕方だった。

私はその後、久しぶりに祖母のお見舞いに行ってきた。どうやら、今のままでいけば近いうち退院できるらしい。

いろいろと、順調に進んでいる気がして自然と口角も上がる。

今日は午後から、須田さんと店舗を回る予定だ。

ロビーで待ち合わせしていた私は、昼休みが終わる十分前にロビーに向かい、ソファで資料の確認をしていた。

ふいに目線を手元から上げる。膝の上のタブレットに集中していても、ロビー内のわずかな空気の変化がわかった。

視線の先にいたのは菱科さん。

十数メートル先を、秘書らしき人を連れて歩いている。どうやら外出先から今戻ってきたようだった。

エントランスからエレベーターホールまでの間に、菱科さんは仕事の話なのか、はたまた単なる世間話なのか、数名の社員に声をかけていた。途中、秘書の男性を先に戻るよう促したっぽいところまで、こっそりと見届ける。

私は意識的に資料と向き合おうとするものの、どうしても菱科さんを気にしてしまう。でも、すぐに理性を働かせて抑え込んだ。

もしも視線を送って一瞬でも目が合ってしまったら……。このあと、須田さんが来たときに平静を装う自信がない。

なにより、バレてしまう。私が彼を見つめていたことを、菱科さん本人に。

「まだ休憩時間だと思うが？」

背後から声がして勢いよく後ろを振り返る。

「えっ……！　な、なっ……」

「ああ、これから日本橋店に行くのか。ちょっと数字が落ちてるな。すぐ現場に行くと判断するあたり、さすがうちの商品管理本部社員だ」

ソファ越しに私が手にしているタブレットを覗き込むのは、さっきまで前方にいたはずの菱科さんだ。

「お、恐れ入ります」

私はすぐに顔を前に戻し、会釈をした。

いつの間にここに？　っていうか、後頭部に菱科さんのスーツが触れているし、香りも近くて心臓が持ちそうにない。

「幸を初めて見たのも日本橋店だったな」

そんな私の心境も知らずに、菱科さんがさらりと『幸』と呼ぶからぎょっとする。

「菱科さ……っ」

「会話の内容までは誰も聞こえてないよ」

彼はタブレットに指を置いて、涼しい顔をしてそう言った。

「相変わらず、熱心な顔が魅力的だ。ロビーに入ってすぐ気づいていたよ。俺のほうを見てくれていただろう?」

必死で平常心を保とうとしているのに、後ろから耳元でささやかれ、もうどうにかなりそう。

菱科さんの匂い、鼓動を速める色っぽい声。

瞬く間にいろんなことが思い出されて、体の奥から熱くなる。もうそろそろ限界だ。

「あ、の!　さすがにもう」

「そうだな。さすがにこれ以上は俺の我慢がきかなくなりそう」

ぼそっと返された言葉に驚いて、思わずまた後ろを振り向く。

菱科さんは姿勢よく立ち、腕時計を一瞥して上品に微笑んだ。

「お、ちょうど就業時間になった。じゃ、気をつけて」

「……はい」

CEOとしての笑顔に切り替わったのを目の当たりにした途端、寂しくなるなんて矛盾している。

さっきまで、社内で声をかけられることに困っていたのに。こんなふうに感じる自分の変化に戸惑いを隠せない。

菱科さんは、あっという間に声も届かないところまで行ってしまった。私は再び周囲の背景に溶け込み、目立ちませんようにと、心の中で願う。

「新名さん、お待たせ」

名前を呼ばれ、顔を向ける。立っていたのは須田さんだ。

私はまださっきの動揺が残っている中で、平静を装って笑顔を作る。

「須田さん。準備はできてます。行きましょうか」

「ああ。今日は社用車で行こう。販促品のサンプルとかもあるし。キー持ってきた」

それから駐車場へ移動し、須田さんは運転席へ、私は助手席に乗り込んだ。

ここから目的地までは五分程度。シートベルトをしめていたら、須田さんがぽつりと尋ねてくる。

「さっきさ。菱科ＣＥＯと新名さん、なんていうか……親しげに見えたんだけど」

心臓が飛び出そうなほど驚いた。

あまりに大きな脈を打つせいで、声までも震えそう。

「そんな、ありえないことを……」

顔が引きつるのを堪えながら返すも、須田さんは納得できなかったのか、食い下がってくる。

「そうかな。新名さんはきっと気に入られてるよ。さっきだけじゃなく、何度かそう思うことがあった」

須田さんの言うことは、どれも抽象的で核心に迫るほどのものではない。けれども、そのあたりをさらりとかわせないのが、私が不器用だと思う所以《ゆえん》だ。

あからさまに動揺が伝わるような間を生み、細い声で答えてしまう。

「気のせいだと思います」

こんな状況のせいか、たった五分の距離が今ばかりはやけに長く感じる。

膝の上で両手を握り、早く目的地に着いてほしいと願っているときに限って、赤信号で車は止まる。

気まずい空気の中、呼吸すらも聞こえないようにと息をひそめた。

「実は前に見たんだ。菱科CEOと、新名さんらしき女性がふたりで車に乗っているのを」

心臓が今度は嫌な音を立て始める。

前っていつ？　屋形船に連れていってもらったとき？　いや、落ちつけ。須田さんは『らしき女性』と言った。まだ私だと確信があるわけではないはず。

そう思っているのに、どう返していいのか瞬時に浮かばずに黙ってしまった。

「やっぱりあれって」

私の沈黙を肯定と捉えた須田さんは、目を見開いてこちらを見た。

「ちっ、違います！　そういうんじゃなく！」

「そういう？　じゃあ、どんな理由が？　あー、いや。プライベートに首を突っ込みたいわけじゃないんだけど」

車内がしんと静まり返る。

私は前方の赤信号を見ながら、ぽつぽつと話す。

「なんていうか……あれです。何度か仕事的な感じでご一緒させていただいて」

「仕事？」

「ええと、高級料理を嗜《たしな》んだり……です。その、知識としていろいろ経験するのは大事だと」

もう焦りのせいでまともに思考が働かない。ドツボにはまっている気がしないでもないけれど、言ってしまったものはなかったことにできないから。

そのとき、やっと信号が青に変わった。

須田さんが前を向いて車を発進させたあと、こっそり安堵の息を吐く。

「ふたりで？」

に俯いた。

油断していたところに話を掘り下げられてうろたえる。須田さんの顔を直視できず
「えっ？……と」

「それ、だめなやつじゃん」

厳しい声音に、思わず首をすくめてつぶやく。

「す……すみません」

謝るほかなくて、それ以外はなにも返せなかった。

俯いて、『だめ』とはっきり言われて真剣に考える。

菱科さんは国内外に店舗を持つ、国内大手百貨店のＣＥＯだ。そんな人と、同社の一社員が恋人関係だなんて知られたら、イメージダウンになるのはもちろん菱科さん。

改めて気づくと、自分のこれまでのいろんな判断が軽率だったとしか思えない。

自己嫌悪に陥っていたら、須田さんが慌てて謝罪する。

「あー、いや。ごめん。新名さんに怒ってるわけじゃなくて。どっちかというと、怒ってるのは菱科ＣＥＯに対してっていうか」

須田さんの反応が予想外すぎて、慌てて顔を上げた。

「あの、私も自分の意志で同行したわけですし」

菱科さんが一方的に悪く思われるのは困る。そう思っているのに、なにをどう伝えたら効果的か、全然わからなくて言葉を詰まらせた。

「それでも、立場的に新名さんを守るべきはずの人なのに、そんな危険にさらすなんて」

「危険？」

思いも寄らないワードにさらに驚き、目を丸くした。

「そうでしょ？　今回の俺みたいに、ふたりでいるところを勘違いしてそういう関係だって思われて、変な噂が立ったら。一番打撃受けるのは新名さんだよ。菱科ＣＥＯにだって、なにかしら弊害が出るだろうに、案外軽率なんだな」

須田さんは、途中からはひとりごとに近い感じでぼやいていた。

「もしまた同じことが起きそうになったら、俺でよければ間に入るから。ひとりで抱え込まないでよ」

「いえ、そんな」

「まあほら。俺は新名さんの指導係だし、気にしなくていいからさ」

目的地である日本橋店の駐車場に入っていく間も、私は悶々と考え込む。

私たちの今の関係――〝お試しの恋人〟は、菱科さんが提案したことだ。でも、それを受け入れたのは私。

どうして私が両立できるか云々《うんぬん》よりも、菱科さんの体裁を一番に考えて返事をしなかったのだろう。やっぱり社内恋愛なんて平坦にはいかない。まして、相手は上司どころの話じゃない。CEOだもの。

浅はかすぎる自分を心の中で責める。

その後、須田さんと店舗に入って仕事をしている間も、頭の片隅にずっと須田さんが言っていたことが残っていた。

あの日以降、須田さんから菱科さんの話題は出ていない。

そして、菱科さんにも須田さんの話はできなかった。

それは、彼と直接会う機会がなかったからだけでなく、もし会っていてもおそらく言いだせなかったと思う。

なぜ報告できなかったのか、自分の感情ははっきりとはわからない。いろんな感情が複雑に絡まって、問題を先送りにしているだけなのかもしれない。

私は仕事に集中しきれないまま、担当するフェアの情報が書かれた広告のチェックをしていた。

目玉は普段メーカー運営のWEBサイトでしか販売していない商品が店頭に並ぶというもの。

日付は……OK、メーカー名、商品名もOK。

念入りに確認を進め、広報部に戻した。あとは、今回のフェアの会場となる銀座店に売り場と商品を確認しに行く段取りだ。

フェア初日は、来週の木曜日から約一週間の予定。反響があれば、数日延ばすこともできるから、結果が出ればうれしいのだけど。

ほかの業務を終えて、徒歩で銀座店へ移動する。着いたのは、閉店間際だった。

販売担当社員の女性、一川《いちかわ》さんを見つけ、挨拶するなり『ちょうどよかった』と言わんばかりに飛びつかれた。

「新名さん！　来週の新フェアの件なんですけど」

「どうかしましたか？」

なんだか嫌な予感が押し寄せる。一川さんは、「ちょっといいですか？」とバックヤードに向かって歩きだす。

「新名さんが前々からお話ししてくれていた茶葉が、今日入荷したんです。でも売り場が忙しくて検品が後回しになってしまって」

「それはお疲れさまでした」

「ありがとうございます。そう、それで私も今気づいたんですが」

会話をしながらバックヤード内に入ると、目の前にダンボールが置いてあった。

一川さんは膝を折って、眉根を寄せつつダンボールを開く。

「これ、数がちょっとおかしい気がして。新名さんに連絡しようと思ってたんです」

「数が？」

さらに嫌な鼓動が私の中に響き始める。

種類は何度も確認した。フェアの一週間前の入荷は予定通りで問題ない。数も……前任の先輩の資料を頭に入れて発注した。

頭の中でこれまでの行動を思い起こして心当たりを探る。

そんな中、一川さんがダンボールの中に手を入れ、縦長の袋をひとつ出した。

「確かメインに打ち出したい商品って、これですよね？」

見せられた袋を手に取り、たどたどしく答える。

「はい。そうです。これを百二十袋、発注したはずです」

メーカーでも一番人気のその茶葉は、ほかの四種類の茶葉と比べてかなり多めに発注をかけた。それはちゃんと覚えている。

一川さんはパッケージの正面を見ながらこぼす。

「メインの茶葉が三十六袋なんですよ……そのほかの種類も全部で二十四袋だけで」

「え⁉」

一川さんがさらに渡してくれた納品書を受け取り、目を皿にして項目を探す。

納品書に相違はない。だったら、なぜ……。

焦る気持ちから、落ちついて数字や文字を拾えない。『落ちつけ』と何度も心の中で繰り返していたとき、ある箇所に引っかかりを覚える。

「あぁっ！」

私が突然声をあげたせいで、一川さんが委縮する。

いつもなら『驚かせてごめんなさい』と伝えられたのに、今は自分のミスに気づいたせいでそんな余裕も持ち合わせていなかった。

「これ……一ロット三袋になってる……。引き継いだ資料には十袋となっていたと思うんですが……すみません。私の確認不足です」

『ロット』とは、簡単に言えば商品を出荷する際の最小単位のこと。〝一ダースが十二の組〟を表すのと違い、一ロットの数量は一定ではなく、商品によって異なる。納品書を見ると、この茶葉の場合は一ロット三袋になっている。

だけど、どうして？　正直資料を見間違ったとも思えない。かといって納品書のミス……とは考えにくい。となればやっぱり――。

「ごめんなさい！　これは私のミス……です。取り急ぎ対応するので、今日は本社に戻らせていただいてもいいでしょうか？」

「はい。それは全然……。一応商品はありますし、できるところまで準備は進めておきましょうか？」

「そうしていただけると助かります。今日はもう時間も時間なので、進捗をお伝えするのは明日になるかと。明日、必ず連絡を入れますのでお願いします」

「わかりました」

私は深々と頭を下げたのち、納品書を預かって銀座店をあとにした。


本社に戻るなり、自席について発注データや商品資料などにくまなく目を通す。

引き継ぎ資料なども確認を進めていく流れで、ふとメールボックスが気になった。

前任者のメールデータをもう一度確認するも、やっぱりどれも確認済みのものだし、原因は見当たらない。

もうこれ以上原因を追及しても、時間の無駄かもしれない。それよりも、ここからどう挽回するかを考えなければ。いや、まずはこの納品書が本当に合っているのかを丁重に伺って……。

『冷静に』と頭で繰り返すたびに、胸がざわつき、自分の動悸に翻弄される。

なにげなく迷惑メールフォルダを開く。その中にあった一件のメールに注目した。

件名は【ご案内】とだけ記載されているけれど、送信主はまさに今、原因を探っている商品のメーカーだ。

震える手でカーソルを合わせる。日付は前任者が退職する一か月前くらい。

メールを開封し、読み進めていくと愕然《がくぜん》とする。

【弊社商品ご注文時のロット数変更のお知らせ】

そこには、四月から一ロット十袋から一ロット三袋へ改定すると記載があった。

よりによって、こんな大事な内容が引き継ぎから抜け落ちていたなんて！　というか、重要なメールに限って受信フォルダから外れてたことも不運だ。

よく見ると差出人はメーカーの担当者ではなく、送信専用アドレスからだ。登録外のアドレスだったせいで、はじかれてしまったのかもしれない。

緊急事態だけど、もうメーカー側は営業終了していて連絡がつかないから、今日のところはメールを送っておいて明日すぐに電話しなきゃ。

これで、おおよその原因と対処の目処はついた。

私は事の経緯を須田さんに報告する。須田さんは私を叱責することはしなかったけれど、そのぶん私は自分を責め続けた。

重い気持ちのまま帰路に就いたとき、菱科さんからのメッセージに気がついた。

私はそれをどうしてもすぐに見る気になれず、スマートフォンをバッグの奥底にしまう。

今は菱科さんに会いたくない。合わせる顔がない。

それに、彼に今回のことを話せば、私を注意するのではなく自分の責任だとでも言って慰められそう。

歩いている足を止め、ジャケットの胸元をぎゅっと握った。

——違う。今、私の中に渦巻いているのは、仕事に関する感情だけじゃない。

今回のミスで、恋愛と仕事の両立に関する検証は大きくマイナスに傾いた。

以前の私なら、『これ以上の検証は無用。恋人の真似《まね》ごとはもう終わりにしましょう』と切り出していたと思う。だけど……今の私は、この期に及んで菱科さんとの関係が解消されることを躊躇している。

彼との時間を終わらせたくない。

しかし、現に私は懸念していた事態に陥っている。

不器用な自分が招いた手に負えない展開に、下唇を噛みしめた。


【申し訳ありません。昨夜は疲れてすぐ寝てしまいました】

朝起きて菱科さん宛に送ったメッセージ。

昨日のミスの負い目から、よそよそしい返信しかできなかった。

メッセージの内容は真っ赤な嘘。昨夜はすぐ寝るどころか、ほとんど眠れていない。

昨日のミスを引きずって、今日やるべきことを考え続けていたら寝られなかった。

寝不足のひどい顔をどうにかメイクでカバーして、いつもよりも一時間以上早く家を出る。

家にいると落ちつかない。とにかく、一刻も早く会社に着きたかった。

正面玄関が施錠されているため、裏口に回る。警備員に社員証を出して中に入り、エレベーターに乗った。扉を閉めるボタンに手をかけると、直接扉を押さえる手が見えて、ビクッと肩を揺らす。

「間に合った」

「菱科さん……おはようございます」

心臓がバクバクしている。

ほとんどの社員はまだ出社していない。そんな時間にエレベーターを強引に開けられただけでも驚きなのに、その人が菱科さんなんだもの。

私は懸命に平気なふりをして続ける。

「行き先は十階でいいですか?」

「ああ」

菱科さんのほうを見られない。

私はボタン側を向いたまま動かず、最上階である十階のボタンを押す。そのあと、自部署のある八階のボタンを押そうと指で触れかけた。

次の瞬間、背後から手を掴まれる。

菱科さんでエレベーター内の照明を遮られ、私の前には影ができている。

社内で密着されて、いつもならドキドキしていただけだったと思う。でもやっぱり今の私には心の余裕がないから、今日は別の意味で落ちつかなかった。

「ちょっと付き合って」

「すみません。私、急ぎの仕事が」

「知ってるよ」

『知ってる』？　なにを、どこまで……。

途端に胸の中がざわつく。

ミスを隠そうとしているわけじゃない。だけど、知られるのは気まずいし落ち込む。

黙り込んでなにも言わずにいると、あっという間に十階に到着してしまった。

私は菱科さんに手を引かれる形でＣＥＯ室まで連れてこられた。

部屋に入るなり、菱科さんは私の腰を引き寄せて顔を覗き込む。

「昨夜は寝てないな……？」

メイクである程度隠せたと思ったのに、さっそく見透かされるなんて。

寝不足だし昨日の一件でメンタルも不安定だし、うまく取り繕えない。

本音を言うと、会いたくなかった。

私が恋愛よりも仕事を優先してきたことは、もう菱科さんはわかっている。だからこそ、こんな確認ミスの失敗を知られて矜持《きょうじ》もボロボロだ。

「会いたくなかったって顔だな」

顎をとらえられているため、目だけを横に逸らす。

菱科さんなら、本当になんでも見透かしていそうで怖い。

「一応聞いておこう。なぜ俺と顔を合わせたくなかったのか」

菱科さんの口ぶりから、彼は本当にすべてを知っていると悟る。

私は目を合わせず、ぽつりと答えた。

「情けないところを見られたい人なんか……いませんよ」

一から準備したのは自分ではないとはいえ、〝初めての大舞台〟くらいの気持ちで今回の仕事をしていた。

メールの件は事故みたいな部分はあるけれど、私がもっと慎重になって、もっと準備段階で疑って、念には念を入れて進めていれば防げたことだったと思うから。

悔しさで涙が込み上げてくる。その矢先、ふいに口づけられた。

目をむいて彼を見上げると、不敵な笑みを浮かべている。

「まあ確かに。しかし、俺たちは恋人だ。欲を言えば、どんな君も見せてほしい。ひとりきりで耐えているのなら、なおさら」

彼の言動に張りつめていた糸が緩む。視界が滲んでいくのを、唇をきつく引き結んでどうにか堪えた。

菱科さんなら……どんなにかっこ悪いところを見せたって、幻滅されることもないのかもしれない。私の気持ちに寄り添って、また前を向いて走りだすまで見守ってくれると、今では容易に想像できる。

だけど、それじゃあ私ばかりが得をして……私ばかり支えてもらうことになる。

それって、恋人としてどうなの？　少なくとも私にとっての恋人とは、もっと対等でいられる存在だ。

私は菱科さんの腕をそっと押しやり、体を離してから口を開く。

「そうですね。そして、今回実証されました」

私がうまく両立できず、結果的にＣＥＯという立場の菱科さんが迷惑を被《こうむ》るということが。

「それは、具体的にどういう？」

今しがた心の中で思っていたことを口に出すだけなのに、それがなぜかすんなりと出てこない。下を向き、手に力を込めてどうにか答える。

「〝私は恋愛にうつつを抜かしていると仕事に支障をきたす〟という……こと、です」

どうしても、声が震える。

心のどこかで、菱科さんなら即答で擁護してくれるような気がしていた。

しかし現実は、ひとつの返答もない。そろりと目線を上げてみれば、シャープな顎に手を添えて、なにかを考える仕草を取っていた。

「では、どうしたい？」

「どうって……」

この流れで質問を返され、虚を突かれる。私はたじろぎ、視線を泳がせた。

「やはり、私はふたつのことを同時にうまくできないので、これ以上迷惑をかける前に恋人関係を解消するのが……ベストかと」

これは事実で間違ってはいない。なのに、菱科さんのまっすぐな視線を感じていても、応じられず俯いたまま。

「本当に？　正直に言って。〝君がどうしたいか〟を」

彼の言葉に自然と顔が上がる。

前にも同じ言葉をかけられた。

菱科さんの家に行って、誕生日プレゼントをもらったあの夜――。

ネイルを乾かしている隙にキスをされて。その合間に、同じように私の本当の気持ちを聞き出そうとしてくれた。気遣ってくれた。

菱科さんは憤っているわけでも、私を試しているわけでもない。純粋に私の気持ちと向き合おうとしてくれているだけ。私の心の声を引き出そうとしてくれる。

「正直な気持ちは……こんなどうしようもない失敗をして恥ずかしい……悔しい」

「うん」

「本当は……菱科さんのことを、前よりもずっと……意識してる」

こんな話、仕事のミスとは関係ないと言われるかもしれない。だけど私にとっては、表面上は関係なくても、巡り巡って繋がっている。

「こんなふうに、仕事に影響を及ぼして迷惑をかけるのが、怖い」

言葉にして、改めて自分が今どう思っているのか明確になる。と、同時に思考の変化に直面し、動揺は否めない。

初めは、自分の保身のために『恋愛などしなくてもいい。社内恋愛なんてハードルが高すぎる』と距離を置こうとしていた。

それが今では、先に考えるのは彼のこと。『菱科さんに迷惑がかかるから』と、理由がすり替わっているのだ。そんな感情、この間までは絶対になかったものなのに。

昂《たかぶ》る気持ちを懸命に落ちつかせていると、ふいに頭を撫でられる。

「ありがとう。話してくれて」

優しい手つきにうっかりしたら涙も流れてしまいそう。

私は恋愛をすると弱くなってしまうのかもしれない。だとしたら、なおさら仕事を頑張ろうとしている間は控えたほうが賢明だ。

そんな結論を何度も出してきたはず。それにもかかわらず、この手を振り払う勇気も持てない。甘えたところで、仕事のミスは解決するわけでもないのに。

さっきから堂々巡りしかしていない。

「でもひとつ訂正させてもらう」

急に凛とした声で言われ、緊張感が走る。

彼の手越しに顔を見ると、力強さを感じられる瞳に引き込まれた。

「結論はまだ。検証はここから――だろ?」

「えっ……」

「忘れたのか? 恋愛は仕事の障害でなく、相乗効果をもたらすものだと証明すればいいって言ったことを」

菱科さんに言われて思い出す。

確かに彼は、前にも同じことを言っていた。

菱科さんは頭を撫でていた手を下ろし、今度は私の左手を握る。

「ここからだ。それぞれの得意分野を活かし、同等か、それ以上の結果を出せば問題はない」

私はぽかんとして彼の説明だけ耳に入れる。まだ現実的なものとして受け止めきれてない。

「案外トラブルがあっても、最終的に当初の目標を超えるかもしれないよ」

その目を見ればわかる、菱科さんは本気だ。

「まずは確実に、丁寧なフォローから。メーカー側が早急に対応してくれるのが一番いいが、間に合わない場合も考慮して別の案も出しておくこと」

「本当に詳細をご存じなんですね……」

菱科さんの口ぶりからそう感じて、ぽつりとこぼした。

彼はおもむろに口角を上げる。

「そのための日報でもあるからな」

日報……！

「まさか、社員の日報を全部……？」

「本社のぶんだけな。本当はその日じゅうに確認したいところだが、翌日になってしまうこともある」

「本社だけでも膨大な数ですよ！」

「確かに数が多い。しかし、要点のみ記載するという注意事項をみんなきちんと守ってくれているから、そんなに時間はかからないよ。今回のことも、幸と須田くん、そして幸の所属部署の本部長の日報を見れば、大体の事情は察することができた」

日報の意義がわからないとぼやいていた社員が、これまでちらほらいた。私はそういった気持ちはなかったものの、ただ業務の一環としてこなしていただけだ。

日々のルーティンにはきちんと意味があるのだと改めて思い知る。

「幸」

ここは社内、それもＣＥＯ室。

そんなことも一瞬で忘れるほど、菱科さんの呼び声にはうまく説明できない引力みたいなものを感じた。

全神経が彼に集中し、彼しか見えない。

「君の仕事を俺はずっと信用してる。幸なら大丈夫。恋愛と仕事のどちらか一方をあきらめる必要はない。乗り越えられる」

言葉では簡単に言い表せない感情ばかりが芽生えて、未知の域。

ただわかっているのは、目の前に光が射し、行くべき道が定まった、そんな感じ。

そして、俯いていた私を引き上げたのは、紛れもなく菱科さんだということ。

私は菱科さんに向かって深く頭を下げる。

いつもよりも長くお辞儀をしたあと、菱科さんをまっすぐ見た。そして、ＣＥＯ室から出てエレベーターへと向かう。

なんだろう、これは。つい数十分前まで、死にそうなほど重苦しい気持ちで出社してきたのに。今ではこんなにも心が軽く、地に足がついた感覚に変わっている。

あんなに不安に押しつぶされそうだったのに、菱科さんと数分言葉を交わしただけで、力が湧いてくる。


その後、私は各方面の調整を優先していた。

しかし、事は初めからそううまくは運ばなかった。本来多く発注したかった商品のメーカー在庫数が足りないのだ。

それでもなんとかかき集めてもらって、フェア初日には今ある在庫の二倍は確保できそうだった。

とはいえ、予定していた数には約五十袋足りない。

そのぶんは当然、追加で発注をかけている。ただ、チラシは入稿済みで変更がきかない。今回のフェアで大きく紹介しているのは『二十四節気ブレンドティー～冬天《ドンティエン》～』という茶葉。それが大きく載ってしまっている。

売りたいけれど初日は在庫が限られているから、なにか対策を講じないと……。

それをずっと頭の隅で考えつつ、一川さんとフロアマネージャーに相談をしに銀座店を訪れた。

バックヤードに入ると、偶然にもフロアマネージャーと一川さんが一緒にいた。

「お疲れさまです」

同時に私を振り返ったふたりは、明らかに困った様子だった。

「ど、どうかされたんですか？」

「いや……お茶の在庫がね」

事情を聞けば、香典返し用にと注文が入っていたお茶がすべてキャンセルされたらしい。相手は法人ではなく個人のお客様。新人社員が注文を受けたときに、キャンセル不可の説明を失念していたため、今回はキャンセルを受けつけることにした、と。

その商品に限ってメーカー返品不可で在庫過多になってしまうため、ふたりは嘆いていたのだ。

私も目の前に積まれた百個近くの包装済みのお茶を愕然と見つめる。

こっちもお茶のトラブルだなんて、なんの偶然なの……。

「その過剰在庫になったというお茶は老舗のものだし、年配の方を中心に味に定評がある商品だろう？」

「菱科CEO！」

突然聞こえてきた声に私たちが振り返ると、菱科さんが立っていた。

「おっしゃる通りです。とはいえ、さすがにあの量を売るとなると、半年はかかります。日にちが経てば経つほど、どうしても味も落ちますし」

フロアマネージャーが言いづらそうに返すと、菱科さんは冷静に返す。

「起きてしまったことは仕方ない。まずは同じことを繰り返さないようミスした社員にきちんとフィードバック。で、抱えた在庫は……そうだな。ちょうどいい。新名さんの担当している次のフェアではターゲットを広げよう」

「ターゲットを広げる……？」

私は無意識につぶやいた。

菱科さんは一度頷き、話を続ける。

「新名さんの担当フェアのターゲットは主に三十代から四十代の女性。それを一気に八十代くらいまで引き上げる。ああ、そうだ。ついでに、この間通達した内容も実践する手もあるな」

菱科さんが突然ひらめいた様子で口にした提案に、私はピクッと反応する。

「今回の【冬のティーブレイク】を、お客様に参加してもらう……？」

「そう。実演販売じゃなく、お客様にも実際体験してもらおう。幸い各店舗に日本茶や紅茶アドバイザーの資格を保有している社員がいる。全面的に協力してもらおう。そのほか、変更に要する諸々の手続き、申請確認は僕が総務に頼んでおく」

躊躇することなく、話をどんどん進める菱科さんを茫然と見つめる。

「紅茶に興味のある人は、日本茶にも興味を持てる人だと思うし、お茶を飲むのが好きな人は茶葉や道具に興味を示す。だが、案外お茶の美味しい淹れ方までは知らないかもしれない」

引き継いだ今回の企画は、淹れるところから見栄えするような、華やかで美味しいブレンドティーがメイン。客人を招いた際に振る舞いたくなるようなブレンドティーを揃えていた。

見た目や味だけではない。体によい効果を期待できるものもある。そういった嗜好《しこう》のあるお客様だったら、なにもブレンドティーだけにこだわらなくても、興味を持ってくれるかもしれない。

徐々に私の中でイメージが膨らんでいく。すると、菱科さんは笑顔で言った。

「時間が限られているけれど、的確な役割分担さえできたら実現できる」

きっと、ＣＥＯのようなポジションに就ける人って、まさにこんな人。

その人が『できる』と言えば、不思議と本当にできる気がしてしまう。

決して強引にも強制にも感じさせないで、こちらに自然とやる気を抱かせる、そういう能力を持つ人の言葉なら——。


それから準備期間がタイトではあったものの、どうにか間に合ってフェアを迎えた。

銀座店の催事場では、一日に三回イベントコーナーとして十数名ずつ受付をした。

具体的にはお茶の淹れ方を学んでいただき、そのあとちょっとしたお菓子と一緒にお茶を楽しむといったもの。

ブレンドティーをはじめ、日本茶の淹れ方も講演し、茶葉によって適した淹れ方があるのだと説明する。そして、茶器やティーセットなども、商品として並んでいるものを使用して紹介した。

親子三世代でお茶を楽しむ姿もちらほら見受けられ、なんだか心が温まる。

私は催事場へ足を運ぶたび、自然と自分の祖母を思い出した。

その後も大きなトラブルはなく、当初一週間だったイベントは、結果的に五日ほど延長されたのだった。


無事にフェア最終日を終えたあと、私は本社に戻り、仕事をしていた。

今日はフェアを優先してしまったため、本来進めなければならない仕事が山積みだった。

ノートパソコンと向き合っていると、声をかけられる。

「新名さん、お疲れさま」

見上げると、帰り支度を済ませた須田さんが立っていた。

「お疲れさまです」

私が手を止め、頭を軽く下げると須田さんは近くの椅子を引っ張って、逆向きに座る。背もたれに両腕をのせ、フランクに話し始めた。

「一時はどうなるかと思ったけど、蓋を開けてみれば大成功だったんじゃない？」

「そうですね。それもこれも、お力添えくださった皆さんのおかげです」

心からそう思い、改めて感謝する。今回の件は、多くの人たちに助けられた。

フットワークのよさと人当たりがいい須田さんに、社内広報部だけでなく各メーカーへの協力をお願いしてもらった。

そして、各店舗に在籍しているお茶の知識に富んだスタッフたち。

仕事の早い広報部の社員たちと、急な変更にも柔軟に対応してくれるフロアマネージャー、売り場づくりのセンスのある一川さん。人脈と人望がある店長は、お茶の知識がある実演販売士に積極的に声をかけ、さらに数人集めてくれた。

なにより、冷静な判断と思いきりのいい決断で背中を押してくれた菱科さん。

「菱科CEOが直々《じきじき》に素早い根回しをしてくれたっていうのは大きいよな」

須田さんから菱科さんの名前が出ると緊張する。

以前、ふたりでいるところを目撃されたのをきっかけに、あらぬ誤解をさせてしまったせいだ。

今も、須田さんは菱科さんに対し、感嘆していながらもどこか冷ややかにも感じられた。

「菱科さんは、本当に社員思いの素晴らしいCEOだと思います。今回のことでよりそう思うようになりました」

笑顔で伝えたフォローは、本音でもある。

須田さんは少し考えたのち、「まあ、そうかもね」と同調してくれた。

私たちの関係を簡単には公にできない。だけど……。

「あの。幻滅されると思って言えませんでしたが、私は菱科さんに特別な感情を持っているんです。すみません。日本橋店へ向かう車の中ですぐに言えなくて」

須田さんは目を見開いて固まっている。

私は思っているよりも、ずっと冷静だ。

「菱科さんを尊敬しているんです。だから私も、一日も早く皆さんに頼ってもらえるような人間になるべく精進します。まずは今回のようなミスを起こさないよう、ひとつひとつ丁寧に仕事と向き合います」

「菱科さんはズルいな……なんでも持ってるうえに、新名さんの心まで持っていくんだもんな」

「え？」

ぼそっと漏らした須田さんの言葉を、すぐに理解できなかった。

すると、彼はいつもの調子で続ける。

「頑張るのはいいことだけど、新名さんだって得意なものあるでしょ？」

私は目を瞬かせた。

そんなものあったかな。自分が得意なものって、よくわからない。

答えにたどり着けずにいると、須田さんが笑う。

「丁寧なコミュニケーションでお客さんともメーカーさんとも、いい関係性を築いてる。そういう新名さんだから、今回みたいな緊急事態が発生したとき、みんな自然と新名さんを助けたいって気持ちになる。そして、いい結果に結びついたんだと思う」

もらった言葉が胸にじんと染みる。

私には突出したスキルや実績はないけれど、確かに出会う人たちとの時間や関係は大事にしてきたと自負している。

「自信を持って。じゃ、先に帰るよ。残業もほどほどにね」

「ありがとうございました。お疲れさまです」

椅子を回転させ、須田さんの方向を見て立ち上がり、会釈した。すると、須田さんがぴたりと足を止める。

「あ、肝心なこと言い忘れた。さっきたまたま部長に電話かけたら、明日は代休取れってさ。部長、今日出張中で手が離せないみたいだけど、あとでメールも送られてくるはずだから」

「そうなんですか？　わかりました。ありがとうございます」

再度頭を下げ、須田さんは今度こそ帰っていった。

突然の休暇を言い渡され、驚くとともに喜んだ。なぜなら、明日は祖母の退院予定日だからだ。

今回の一件で仕事量が増え、いろいろ立て込んでいたのもあり、退院日には手伝えないだろうとあきらめていた。でも、まさか偶然にも退院日に合わせて代休をもらえ

ると は思わなかった。

そうして約二時間仕事をしたのち、両手を上げて伸びをする。

きりのいいところまでは終わった。帰る準備をしようかな。

「そろそろ終わり？　あんまり熱心すぎると俺の立場が危うくなるんだが。うちはホワイト企業をモットーとしているからね」

振り返ると、ドア付近にいつの間にか菱科さんがいた。

私は勢いよく立ち上がり、姿勢を正す。

「菱科さん！　このたびは、ご迷惑をおかけしました。いろいろとありがとうございました」

腰を九十度に曲げて、頭を下げ続けた。その状態のままで、菱科さんが近づいてくる足音が耳に届く。

「そもそも、仕事をひとりで完結させようとする人には、幸が今いるポジションは向いてない。そして、幸はやっぱりそうしなかった」

ゆっくり顔を上げる。私の前まで移動してきた彼は、とても穏やかな表情でこちらを見ていた。

「これまでも、大なり小なり失敗はしてきただろう？　俺だってそうだ。だけどそういうときは、スタッフみんなで協力して挽回したらいい。むしろそこで、自分ひとりでリカバリーしようと強引に試みるのはマイナスだ」

こうして向き合っていると、菱科さんの頼もしさをひしひしと実感する。

「失敗はつきもの。完璧な人間なんていないよ」

正直に言って、彼ほど魅力的な人はいない。惹かれるなというほうが無理な話だ。だからこそ、必死に抗って『冷静に』と自分に釘を刺さなければならない。

「私のは……それとは少し違います。どうしてもプライベートに気持ちが引っ張られて散漫になりがちになるんです。だから今回もこんなことに……もしかしたら、事前に防げていたかもしれなくて」

無意識に視線を横に逸らすと、菱科さんは私の両眼を覗き込む。

「やるならとことん、っていうのが幸らしい。だが、きっちり割りきれる人間なんて少数派じゃないか？　大抵みんな、仕事中でも頭の中で別のことを考える瞬間はあるよ。俺を含めね」

菱科さんが？　散漫になるときがあるって？　まさかそんな。

私の知る彼があまりに完璧すぎるために、まったく想像がつかない。

唖然として菱科さんを瞳に映したまま黙っていると、彼はふっと柔らかく目を細め、仕事中には見せない素の表情を浮かべる。

「俺だって、仕事中に君を想って物思いに耽るときもある」

そう説明するなり、するっと手の甲で私の左頬を撫でた。

「たぶん幸は『自分は不器用だから』って固定観念に囚われているだけで、実際はそうじゃない。『不器用』じゃなく、『真面目』というほうがピンとくる」

そうなんだろうか。だけど、恋愛は前に一度失敗しているだけに、やっぱり簡単には受け入れがたい。

だって、ほかでもない当事者《元カレ》に突きつけられたんだもの。『両立できない不器用な女だな。恋愛には不向きなタイプだ』って。

それは私にも否定できないと思ってしまったから。

菱科さんはふいうちで私の指先に軽く触れる。

ささやかな行動にとどめてくれているのは、もしかするとここが社内だからかもしれない。

彼は真剣な面持ちで口を開く。

「仕事に集中するために恋愛を避けるのではなく、恋愛を仕事に活用すればいい」

「恋愛を……仕事に、活用……？」

私が茫然として聞き返すと、彼は柔らかく微笑んで一度頷く。

「幸せなときは、その気持ちを共有できるようななにかを考えたり、喧嘩《けんか》したときには、ストレス解消や癒しにもなるグッズをリサーチしてみたり？　いや。仲直りするためのきっかけになりそうな、美味しいスイーツなんかでもいい」

気づけば菱科さんは私の指をきゅっと握っている。

彼の目を見つめると、今回助けてくれたときみたいに、瞳は頼もしく光っていた。

「どっちかなんてもったいないだろ。一度きりの人生だ。欲張ったって、誰にも責められるいわれはないさ」

欲張っても誰にも責められるいわれはない。そんなふうに開き直ってしまえば、案外肩の力も抜けるのかもしれない。

ずっとネガティブな部分にだけ意識を囚われてしまっていたけれど、仕事にとって恋愛は悪だとしてきたのは自分自身だったのだ。

彼の言うように、恋愛はマイナス面だけじゃなく、きっと張り合いや元気をもらえるきっかけにもなりうる。

優しい顔つきをした菱科さんを見つめ、ようやく認める。

大事なことを見落としていた。恋愛を敬遠していたけれど、誰と恋愛するかによって……自分の気持ち次第で、結果は百八十度変わりえると。

「仕事を疎かにするのとは違う。ただ、幸は真面目で頑張り屋だから、どっちも全力投球しようとして、燃料切れになることはあるかもしれないな」

くしゃっと相好を崩す笑い方に、胸がきゅんとなる。

私が見とれていると菱科さんは私の手を取り直した。

「けど、もしなにかミスをしたときは公私ともに俺がフォローする。約束するから」

まっすぐに心強い言葉をかけてくれる菱科さんと向き合っていると、目頭に熱いものがこみ上げてくる。

「足を引っ張ってばかりになるかもしれないのに、いいんですか……?」

「そういうのは足を引っ張るって言わない。成長過程の肥やしだよ。存分に俺を利用して」

「利用ってそんな」

「俺も幸からやる気をもらえてるから、もうずっと」

屈託ない笑顔で言われ、凝り固まっていた頭が、固く縛ってきた心が解放される。

菱科さんは、わざとらしくひとつ咳払いをした。

「では、検証の結果を報告してください」

一瞬、ぽかんとしてしまったが、すぐに彼が言わんとしていることを察する。

そしてきちんと向き合い、すうっと息を吸った。

「恋愛は、悪影響を及ぼすも及ぼさないも自分たち次第。考え方次第で大きな力にもなりうるらしい……です」

これはあくまで『私と菱科さん』限定の結果だ。ほかの誰かにぴったりと当てはまることはない。

私は菱科さんを見上げ、すっと右手を差し出す。

「ですので、一部検証の延長を希望します。……なんて」

菱科さんは虚を突かれた顔をして、数秒固まった。

それからいつもの余裕顔に戻ると、「承認しよう。無期限で」と添えて私の手をしっかり握った。

本社をあとにした私たちは、菱科さんの車に乗って移動していた。フェアも終わり、久々に一緒に食事をしようという流れになったのだ。

一緒に帰ることに初めは抵抗があった。しかし、菱科さんが社内にはほとんど社員は残っていないというので、彼に続いてこっそりと駐車場へ向かった。

車に乗る際にも細心の注意を払い、助手席に座るも背中を丸める。そんな私を見て、菱科さんが言う。

「さっき手を取り合って仲が進展したんだから、別に公表しても」

「それはそれといいますか。社内恋愛を否定するのはやめましたが、やはりわざわざ波風を立てずともいいのではないかと思って」

恋愛や菱科さんを否定する気持ちはもうない。だけど、菱科さんが我が社のＣＥＯで私は一社員というステータスは変わらないから、それは大きな騒ぎになると心配してのこと。

一〇〇パーセント、お互いに働きづらくなるに決まっている。私はその程度で済むかもしれないけれど、菱科さんなら社員をはじめ、取引先とかにも噂が広まった際にマイナスイメージにしかならないと思う。

「結婚ならまだ理解できますが、恋人だということをわざわざ周囲に触れ回る必要性はないのではないかと。交際は結婚と違いまだ不確定な間柄なので、なにかあった際に周囲にまで気を使わせかねませんし」

これは実際に何度か経験のある話。といっても、私は『周囲』側としてだけど。

ハンドルに手をかける菱科さんは、なにか言いたげな視線をこちらに向ける。

ドキッとした矢先、私のお腹《なか》の虫が大きな音で割り込んできた。

「すっ……すみません」

「いや。その話はあとにしよう。まずはその空腹を知らせるかわいいサインに応えなきゃな。今夜はフェアも無事終わり、特別な日だ。夕食はとびきり美味しいものを食べて祝おう。リクエストはある？」

「いえ。なんでもうれしいです」

菱科さんはハンドルに両腕をのせ、私をジッと見る。

「少し痩せた？」

「え？　そ、そうですか？」

体重計に乗ってもいないからわからないけど……確かにパンツとかウエストに若干余裕が出たかも……？

実はフェア期間中、気持ちが落ちつかなくて自炊はおろか、軽く済ませてばかりだった。特に昼食は休憩中に必ず銀座店へ様子を見に足を運んでいたから、野菜ジュースや栄養補助食品で済ますことはざら。

それでも空腹に悩まされる暇もないほど、あちこちと気を回して過ごしていた。

「明日休みだったら、今夜は少し遠出してもいいかな？　気になっていた店があって」

「えっ。明日休みだとご存じだったんですね」

「ここ一週間は休みなしだっただろ。だから幸のとこの部長にちょっとね」

さっき須田さん伝いに言われた代休は、もしや菱科さんからの指示だったの？

フェア期間中、ほとんど休まず走り回っていたのを知られていたのかも。

「実は俺も明日は午前休で午後出社。だから今夜はゆっくりできる」

なんとなく甘い雰囲気を予感して、思わず話を戻してごまかす。

「そう、なんですね。あ、私は明日、病院へ。祖母が退院するんです」

「退院されるのか。それはよかった」

「はい」

そんな話をしながら出発し、車で数十分移動する。

パーキングに車を止め、菱科さんに案内されたのは、三階建てのスタイリッシュなガラス張りのビルの前。

「ここ。店自体は最近オープンしたばかりなんだけど、オーナーは以前から知っていてね。腕は確かだよ」

「すごくオシャレな雰囲気のビルですね。お店もきっと素敵なんだろうな」

このビルは造られたばかりなのか、とても綺麗。デザインもそうだし、床も壁もピカピカだ。

エントランスのフロアガイドをちらっと見たら、三階のフロアに創作フレンチのお店が一軒あった。もしかしたら、ここかな？とフロアガイドを眺めていたら、菱科さんから「行こう」と声をかけられる。

エレベーターで三階に向かうと、さっき見たお店の看板を数メートル先に見つける。やっぱり行き先は予想通りだったみたい。

そうしてお店の入り口までやって来たとき、店内から食事を終えたらしき女性が出てきた。私は思わずその女性に釘づけになる。

わあ。すらっとしたスタイルで目を引く。かわいらしいというよりは、かっこいいタイプで、一七〇センチくらいありそうな高身長の女性だ。私にないものばかりで憧れる。

彼女は菱科さんを見るなり、突然彼の腕に手を伸ばした。

「京じゃない！　奇遇ね！」

「美有《みゆう》」

お互いが下の名前を呼び合う場面を目の当たりにし、なんともいえない感情を抱く。

『美有』と呼ばれた女性は、ウェーブがかかったロングヘアをかき上げ、鮮やかなテラコッタ系のリップを引いた唇に笑みを浮かべる。

「このお店に来たのね。やっぱり私たちは昔から趣味が合うから」

「美有、ここ店先だから」

菱科さんは淡々と指摘して、店の前から少し離れたところへ移動する。

美有さんは私と身長差が一五センチくらいあるからか、はたまた気づいていて触れないようにしているのか、私の存在に一切興味を示さない。とにかく、菱科さんに夢中といった印象だ。店先から移動した今も、菱科さんしか見えていないみたい。

「プライベートで会えてうれしい。海外へ異動してから全然音沙汰ないんだもの。日本に戻ってきてたことだって、仕事上で知ったんだから。ねえ、せっかくだからもう少し一緒に……」

「無理。彼女がいるから」

明らかに好意を向ける美有さんを前にしても、菱科さんの態度は一貫してドライだった。私の肩に手をのせて引き寄せると、端的に断る。

そこでようやく彼女の目が私に向けられた。

「あなたは？」

きちんと目を合わせると余計にわかる。

自信に満ちた瞳。隙のない完璧なメイクに、ブラウンのロングコート、五センチほどのヒールがあるブーティ。そのどれからも〝できる女性〟が滲み出ていて圧倒される。

雰囲気から私より年上かな。菱科さんに対しても敬語じゃないし……。

頭の中でいろいろ分析しながらも、私は丁重に挨拶を返した。

「わたくし、久東百貨店本社勤務の新名幸と申します」

「ああ、京のところの社員なの。雰囲気から……裏方のお仕事かしら？」

一瞬彼女の対応にびっくりしたものの、これまでの接客経験を思い出せばそこまで動揺するほどでもない。ただ、まだどんな人か分析できていないから、返答の仕方に迷いが生じる。

「彼女は我が社の有望バイヤーだ」

私の代わりに菱科さんがさらりと答えてくれた。

それにしても『有望』は言いすぎだけれど。

「へえ？　意外だわ。おいくつ？」

「二十八です」

「まあ！　私と同じ？　見えないわね。ずいぶんかわいらしい……。京の横にいるからかしら」

今の『かわいらしい』は、たぶんあんまりいい意味じゃない気がする。『幼い』といったような意味合いで言ったんだろうな。

そんなことよりも、彼女が同い年だという事実に驚いた。

てっきり菱科さんと同じくらいかとばかり……。

「京って昔から面倒見がいいものね。ところで、こっちに戻ってきてくれたっていうのに全然構ってくれなくて寂しい。今日は無理でも、また一緒に美味しいお店巡りしましょうよ。〝私なら〟京が満足するようなお店をたくさん紹介できるわ」

彼女の表情の端々に、私への敵対心を感じる。

こういう経験はあまりないから、驚いてしまった。

菱科さんは肩に添えられた彼女の手を軽く払い、眉間に皺を寄せる。

「美有、さっきから失礼が過ぎる。それと、俺は久東百貨店本社を選んだんだ」

私は菱科さんのその返しに違和感を覚える。

それだとまるで、彼には久東百貨店のほかにも別の道があったかのような……。

考えごとをしていたとき、再び菱科さんに肩を抱き寄せられる。

「あと、彼女は純粋なところがあるけど、ちゃんと大人の女性だよ」

彼はそう言って、私には蕩けるような視線を向けてきた。

この視線にかかると途端にどぎまぎする。

「京でも視野が狭くなったりするのね。一時の気の迷いっていうものかしら。今だけよ、彼女がそんなふうに見えるのは。大体、一バイヤーの彼女を特別扱いしているって知られたらどうなるか、そんなの明白でしょ？　彼女のためにも別れるべきよ」

美有さんは菱科さんの態度が癪《しゃく》に障ったのか、あからさまな作り笑顔で嫌みたっぷりに言葉を返す。

「釣り合いというものがあることくらい、わかっているでしょう」

そうして今度は私に鋭い視線が向けられた。

「まあ今日はいいわ。我が社が久我谷グループの取引先だということを忘れないでね」

美有さんは含みのある言葉を残して去っていく。

私は彼女の凛とした後ろ姿を見ながら、ぽつりとつぶやいた。

「取引先？」

すると、菱科さんが重そうに息を吐いたあとに答える。

「『P《ピー》.M《エム》.スエヒロ』。都内に有数の不動産を持つ不動産企業。彼女は会長のご令孫で、開発事業部部長として本社勤務している」

部長？　やっぱりすごい人だったんだ。オーラがあったもの。立ち居振る舞いも優美で威厳に満ちてて、うっかり年上だと思ったくらいだ。

「ごめん。巻き込んだ感じになって。気を取り直して店に入ろう」

菱科さんに促され、さっきの店に戻る。テーブル席に案内され、私たちは向き合って座った。

独創的な見た目と深みのある味わいの料理を前にしても、私はさっき引っかかった感情が消えなかった。

『釣り合い』という言葉を突きつけられれば、私にはなすすべがない。

わかっているから、彼女の言葉を聞いてショックを受けずに済んだのだと思う。

ただショックは受けていなくても、不安はある。そういった声を避けては通れないだけに。

同時に今になって、まだ未確認だった重要なことを思い出す。

誰が見ても釣り合わない私——新名家とのお見合いが持ち上がった真相について。

店を出るまで我慢。そう心の中で繰り返し、表面では取り繕って過ごす。

そして、店を出てエレベーターに向かうときにようやく口火を切る。

「菱科さん。すみません。この際なので、気になることは全部お話ししようと思うのですが……まだ少しお時間いただけますか？」

私の雰囲気から、楽しい話題ではないことはきっと明白になっていたはず。それなのに、菱科さんは私の手を握り、優しい表情を見せた。

「わかってた。幸が食事中は食事に専念しようと気を使ってくれていたこと」

そう言われ、私は目を丸くする。

菱科さんもまた、私の考えを察していたから尊重してくれて、食事中はなにも言わなかったのだ。


話し合いの場は菱科さんの自宅マンション。

マンションに到着したときには、夜十一時を回っていた。

いつもであれば、一日の疲れから睡魔が襲ってきている頃だが、今ばかりは眠気もやってこなかった。

ソファに座っていたら、菱科さんがティーカップを持ってやってくる。私は出された紅茶を前に、一度頭を下げた。

「さっきはせっかくの料理を前に、ずっと辛気くさくてすみません」

「いや。こっちこそ、知り合いが失礼なことを言った」

菱科さんは神妙な面持ちで謝罪し、ひとり分の隙間を空けて隣に座る。

私はティーカップの中の水色を見ながら、首を振った。

「失礼というより、本当のことだなと思っていたんです」

「本当のこと？」

美有さんから突きつけられた言葉がよみがえる。

『釣り合いというものがあることくらい、わかっているでしょう』

私は美有さんの存在云々よりも、あのとき彼女が口にした内容に動揺した。

「私が恋人だと周囲に知れ渡ったら、やっぱり菱科さんの仕事にも……立場にも、影響します。支障をきたしますよ」

これまで何度か頭をよぎっていた。でも、どんどん菱科さんに惹かれて、自分の気持ちしか見えなくなっていた。

ようやく覚悟を決めて菱科さんと向き合う。

「今さらですが、初めの頃に疑問に思っていたんです。そのうち、自分の中で些細なことになっていって胸にしまっていたけど、思い出したらやっぱり聞いてみたくなりました」

「疑問？」

菱科さんの言葉に、無言で頷く。

彼から目を逸らさないようにと意識して、再び口を開いた。

「あのお見合いって、菱科さんはどういうふうに受けたんですか？」

新名家との繋がりを欲している理由なんて、とうに気にならなくなっていた。

だけど、美有さんのひとことで現実に引き戻された。

菱科さんの答えを待っている間、ドクドクと心音が体中に響く。

「どうって、初めは祖父と父に打診されて」

「うちには未婚の姉もいたじゃないですか。初めはその姉に来た話だったのに、相手が私になったと知ってどう思ったのかなと……」

気まずさのあまり、言葉をかぶせて尋ねる。

菱科さんは、ぽかんとしてつぶやいた。

「幸のお姉さん……？」

今さらこんな質問になんて答えてほしいか、自分でもよくわからない。

始まりはどうあれ、目の前にいる菱科さんの私に対する言動がすべて嘘だったとは思えないし、考えたくない。

だけど、不安はずっと残り続けているから。

「あの、なんていうか……再確認したくて」

「再確認？　なんの？」

「現在、菱科さんがなにか遠慮したり我慢をしたりしているなら、それは嫌だなと思っているんです」

自分で気になって真相を確認したくせに、いざとなると意気地がなくなる。

無理やり明るく振る舞った数秒後、膝の上に置いていた手をふいに握られる。

びっくりして菱科さんを見ると、真剣なまなざしで私の顔を覗き込んできた。

「……我慢？　我慢ならめちゃくちゃしてたし、してる」

「え、あ……っ」

じりじりと詰め寄られ、思わず上体を反らす。私はそのままソファの座面に倒れてしまった。菱科さんに真上から見下ろされる状況で、心臓が早鐘を打っている。

菱科さんの怜悧な目が情熱的に変化して、そこには私しか映し出されていない。

その熱のこもった瞳に閉じ込められた感覚に陥ると、私はまたそのまま感情に流されてしまう。

目の前にある扇情的な顔を私以外にも見せるだなんて、想像したくもない。

恥じらいを押しのけて、菱科さんと視線を交錯させる。

彼の顔が近づいてくるのを感じ、キスを連想した私はぎゅっと目を瞑った。しかし、彼の唇が触れたのは額だった。

拍子抜けしたとき、菱科さんがあまりに深く息を吐くから不安になる。

「菱科さ……」

「危うく欲を優先してしまうところだった」

「え？」

菱科さんの綺麗な瞳が再びこちらを向く。

「幸の中で、なにかがまだ解決していないんだろう？」

瞳を揺らす私に、彼は凪《なぎ》のように落ちついた声色で尋ねてくる。

「さっき言っていたお姉さんって？　お見合いの相手が幸になったって、どういう意味？」

菱科さんからは、とぼけている雰囲気は感じられない。初めて聞いて戸惑っているふうにも見える。

姉でも私でもよかったお見合いじゃ……ないの？

頭が混乱する中、たどたどしく口を開く。

「私がお見合いに行くことになった本当の理由は……姉が行く予定だと知って、それを阻止するためだったんです。……黙っていてごめんなさい」

謝罪しながら一度落とした視線をそろりと戻す。

菱科さんは唖然として、心から驚いたといった顔をしてつぶやいた。

「なにがどうなったら、そういうことになるんだ？」

「え……わ、わかりません。だけど、本当に初めは姉を前提とした話だったんです」

それは間違いない。後日、父からの連絡も【幸で大丈夫だ】ときていた。その文面から、やはり元は姉への話だったと受け取ったのだ。

「うーん。いろいろ誤解があるようだから、一度きちんと解く必要があるな」

菱科さんは目の前で考え込み、なにかパッとひらめいたらしく明るい表情を見せる。

「よし。事情をよく知る人のもとへ一緒に行こうか。そのほうが話は早いし、きっと幸も納得すると思う」

「事情をよく知る人？　誰ですか……？　それ」

こんな込み入った話に見知らぬ誰かを交えることに抵抗を感じ、眉をひそめる。

しかし、彼はなぜか難しい顔をしている私を見て、ニコリと笑った。

笑顔になれる理由がさっぱりわからず、首をひねるばかり。

すると、菱科さんが私の問いに答える。

「幸のおばあさまだよ」

予想外の答えに言葉を失う。硬直し、数秒かけてやっとつぶやく。

「え、と……理解が追いつかないのですが……」

「本当になにも知らされないままだったんだな」

菱科さんは心底驚いたといったように、大きく目を見開いていた。

「俺たちのお見合いは、幸のおばあさまの関野《せきの》ふみ子さんと、俺の祖父と父が再会したことがそもそものきっかけ」

「おばあちゃんが!?」

つい大きな声を出してしまった。

「あくまできっかけな。俺がふみ子さんと幸が血縁関係にあると知って、自らふみ子さんに働きかけた。『幸さんと正式にお見合いを組ませてください』と」

度肝を抜かれる発言に、もはや瞬《まばた》きをすることさえ忘れていた。

見開いた目に映し出される菱科さんは、苦笑交じりに続ける。

「信じられない？　でもずっと伝えてきたはずだ。俺はお見合いで外堀を埋めようとするくらい君が好きで、今なおこうして必死に口説いてるってことだ」

そりゃあ、信じられないに決まっている。もうなにがなんだか、パニック状態だ。

「一応経緯はそんなところ。あとはさっきも言ったけど、詳しいことは幸のおばあさまを交えて話そう」

私は茫然として、彼の提案にかろうじて頷く。

「とりあえずお見合いについて、今日はここまで。じゃ、別の話をしようか」

「別の話？」

「幸が恋人だと知れたら、俺の仕事や立場に支障をきたすって件について」

「あっ」

そうだ。こっちもこっちで重要な話。

菱科さんは優しく目を細めてみせる。

「幸とのことを周囲にとやかく言われたとしても、俺はまったく気にしないし仕事に影響も出さない自信はある。幸が心配することはなにもないんだけど」

菱科さんが言うならそうなのだろう。でも、皆が皆、好意的に受け取るかどうかは……。どちらかというと好意的な人が少数派だと思う。

沈黙する私の表情が曇っていたらしい。菱科さんは大きな手で私の顔を包み込み、片時も目を逸らさずに続ける。

「それでも幸が気になると言うなら、今俺が提示できる解決方法はひとつ。俺が久東百貨店から離れること」

「えっ……？」

「幸を近くで見守ることは叶わなくなるけど仕方ない。ただ就任直後だから、少し時間はもらわなきゃならないが、アテはないわけでもないから――」

「嫌です……っ」

まったく予期せぬ彼の発言に、まるで子どもみたいに拒絶してしまった。

だって、まさかそんな重大な提案をされるなんて思いもしない。

「だったら私が」

「それは絶対にだめ。久東百貨店がそんなもったいないことをするわけにいかない」

言下に却下され、言葉を引っ込める。

『もったいないこと』とは、つまり私を買ってくれての発言だとは思っても、喜ぶよりも戸惑うばかり。

私は複雑な心境を抱えたまま、彼をジッと見つめる。

「俺は久東百貨店販売員の幸に惹かれて、心を奪われた」

販売員の私……？　菱科さんとは一度も勤務店舗がかぶったことはないのに……。

動転する中で、彼がときおり過去の私の話をしてくれていたと思い出す。

そもそも、彼が私を知っていたのって……いつから……?

菱科さんは混乱する私に、柔らかな目を向けて話しだす。

「『日本橋店の小さなコンシェルジュ』——その異名を知ったあの日から、日本橋店へ出向いた際にはいつも君を目で追っていた。自分とは違う、計算も打算もない君の純粋な接客に惹かれずにはいられなかった」

その呼び名は、少し前に菱科さんに教えてもらったものだ。

私が日本橋店にいたとき……つまり四、五年前のこと。

そんな前から、菱科さんは私をずっと?

「海外で生活していても幸の笑顔が忘れられなくて、事あるごとに思い出して、いつしか想像するようになっていた」

私が愕然としていると、菱科さんは極上の笑みを浮かべる。

「その笑顔を俺だけに向けてもらえることを」

菱科さんの告白は衝撃的で、同時に私の胸に熱いものが込み上げる。

「だから、幸の事情ならともかく、俺のせいで辞めさせるなんて絶対にさせない」

菱科さんの香りに包まれながら、この大きな鼓動は私のものではないと気づく。

「ごめんなさい。私もそんなつもりじゃなかったんです。私だって、CEOの菱科さんのこと尊敬してて……離れてほしくない」

初めから、すべて私のわがままだとわかっていた。

仕事と恋愛の両立問題も、社内恋愛への不安も。

ただどれも本音で、彼を振り回そうとして伝えたわけではなかった。

思えば、菱科さんと〝お試しの恋人〟を始めてから、いつしか自分の保身のためではなく彼に迷惑をかけたくない気持ちが上回っている。

こうなれば、もう私が覚悟を決めるしかない。それが一番の選択。

そう思う傍ら、やっぱり私の存在が菱科さんを貶めるものになる不安が拭えない。

いつまでも気持ちがぐらついているから、美有さんの言葉が胸に刺さったのだ。

両手を握りしめて葛藤していると、ふわりと頭に手を置かれた。

「幸。もうひとつ別の方法がある」

「え……？」

「不確かな関係で未来がこじれるのが不安なら、この関係を確かなものにすればいい。今日、幸もそんなようなことを言っていただろ？」

それは、今日本社の駐車場で私が言ったことだ。

『交際は結婚と違いまだ不確定な間柄なので、なにかあった際に周囲にまで気を使わせかねません』と。

「こんなことを思いたくはないが、確かに『恋人』ではなく『夫婦』といえば周囲の反応が変わることが想定される。俺が幸に本気なんだ……とね」

菱科さんはそう言うと、私の左手をスッと取る。

「つまり、夫婦になればいい」

彼の瞳が私だけを映し出している。

とても真剣で、情熱的な双眼に——。

「まあ、俺のかねてからの願望でもあるんだけど」

最後のひとことにドキッとする。

おもむろに彼の優しい腕に囲われる。少し唇を寄せれば口づけられる至近距離で、愛をささやかれた。

「結婚したい。全力で幸せにする。幸の笑顔が絶えないように、ずっと」

胸の高鳴りがやまない。あきらめていた『恋愛』を、こんなに素敵な相手と一緒に……なんて、どうして想像できるだろうか。

真剣な表情の菱科さんと向き合い、懸命に昂る気持ちをセーブする。

「……そんな大事なことを簡単に決断するのはどうかと。結婚となれば当人たちだけでなく、家族も関わる話になりますし」

そう。一時的な感情で、勢いだけで突き進むのは得策じゃない。仕事にも言えることだ。重要な局面なときほど、落ちついて冷静に判断しなければ損失に繋がる。

それなのに、菱科さんは緊張感なく「ふっ」と笑いだす。

「ど、どうして笑うんですか」

「悪い。いやでも、幸が面白いことを言うから」

「面白い？　どこがです？」

困惑する私を見て、さらにおかしそうに目を細めた。

「結婚は家族の問題。それは同意しよう。だが、その問題はすでに概《おおむ》ねクリアしているだろ？」

ふがいなくも彼の説明がすぐに理解できず、首をひねる。

菱科さんはため息をつくでもなく、丁寧に説明してくれた。

「俺たちは一度、家名のもと、お見合いという形で顔を合わせている。つまり、その時点でよほどの事情がなければ両家とも承諾しているようなもの」

はっとした。指摘されると確かにそうだ。

「俺がわざわざお見合いという方法を取った理由のひとつは、そういうこと」

彼がしたり顔で言う。

そんなところまで考慮していたなんて、もはやさすがとしか言いようがない。

「……でも。そうだとしても、簡単に結婚するだなんて言っちゃだめですよ」

菱科さんは、社会的影響を顧みて慎重になったほうがいい立場にいるわけだし。

すると、菱科さんが口元を隠すように片手を添えてぽつりとこぼす。

「それは一理あるな……。今、猛省してる」

私の意見に同調してくれてほっとする。反面、彼との格差は現実なのだと自分で再確認したようなもので、微妙な心持ちになった。

知らないうちに俯いていたらしい。菱科さんが私の頬を両手で包み込み、視線を上げさせられる。

「もっと幸の記憶に残るような演出でプロポーズをすべきだった。もう一度、チャンスがほしい。日を改めて求婚する」

チャンス……日を改めてって……。そういう意味合いじゃなかったのに。

あまりにストレートな好意を向けられ、あたふたするばかり。

すると、菱科さんはパッと手を離し、ばつが悪そうに軽く瞼を伏せた。

「悪い。そうじゃないよな。なによりも幸の気持ちを大切にするべきだった」

どこまでも優しい彼の手を、今度は私がつかまえる。

「……いえ。菱科さんは、これまでずっと私を大切にしてくださってます。ありがとうございます」

お互いにゆっくり視線を上げていき、ぱちっと目が合った途端、笑みがこぼれる。

「幸、明日のおばあさまの退院はご家族みんなで行くのかな？」

「いえ。父は仕事で、当初母が出勤前に迎えに行く予定だったんですが、私が休みをもらったので代わったんです。姉も国外ですし」

「なるほど。だったら、俺が車を出すよ」

「え！　それは申し訳ないですから」

「元気になられた顔を少し見たいんだ。お見合いの詳しい話は、おばあさまの体調と予定を伺ってからにしようか。明日は自宅へ送り届けたらすぐお暇《いとま》するから、心配しないで」

どこまでも先回りする菱科さんに、私なんかが到底かなうはずもない。

結局、明日の午前中に病院で待ち合わせすることとなった。

私はすっかり冷めてしまった紅茶を、申し訳なく思いながらいただく。その後、自宅アパートまで送ってもらうことになり、玄関でパンプスを履いた。

ドアノブに手を伸ばした瞬間、手を重ねられる。

「幸」

耳に心地いい声で自分の名前を呼ばれると、途端に頬が熱くなるのを感じる。

おもむろに振り返ると、ドアと彼に挟まれて身動きが取れないまま、甘いキスを注がれた。

6．真相

翌日は病院に午前九時頃到着した。

退院までの手続きはスムーズで、菱科さんの車で実家に送り届けてもらったのは午前十時過ぎ。

「長い入院でお疲れでしょう。私はまた日を改めて伺いますので」

「そんな寂しいこと言わないで。元気になったから退院したんですよ。まあ、おもてなしはできないけれど、さっちゃんがいてくれるから。大丈夫よね？」

玄関先まで手を貸し支えてくれていた菱科さんに、祖母が笑顔でそう言った。すごくうれしそうな祖母を見たら、希望通りにしてあげたいと思ってしまう。

「うん。大丈夫だよ」

祖母は菱科さんを見てからずっと、ニコニコ顔だ。こんなところでも菱科さんのすごさというか、人当たりのよさを実感する。

私の実家は五年くらい前に改築し、二世帯住宅になっている。

一階のリビングには、祖母用のひとりがけソファ。祖母のお気に入りで定位置だ。

祖母は菱科さんに連れ添ってもらい、久方ぶりに愛用のソファに腰を下ろした。

私はお茶を淹れるためにリビングの隣にあるキッチンに向かう。お茶を用意しながら背中越しに、祖母と菱科さんの会話を聞いていた。

「まさかふたり揃って会いに来てくれるなんて。京くんの粘り勝ち？」

祖母の言葉に、思わず手を止め後ろを振り返る。菱科さんは、祖母ににっこりと笑顔を返すだけだった。

「まあ～！　本当に？　うれしいわ。今日はおめでたい日ね」

祖母がうれしそうな声をあげるところに、湯飲みをのせたお盆を持っていく。

「あの……おばあちゃんと菱科さんのご家族って、どんな繋がりが？」

「あら？　聞いていないの？」

座卓の前で膝を折り、お茶を出しつつも意識は祖母との会話に向く。

「えっと、いろいろあって……詳しい話はまだ」

あれこれ気になっていたのは確かなんだけど、まずは『検証』することになっちゃったから、ほかのことは二の次になっていたんだよね……。

「そうなの。そうねえ。知り合ったのは、幸のおじいさんの仕事がきっかけなのよ」

さらに補足してくれたのは菱科さんだ。

「関野ふみ子さんのご主人が久東百貨店の社外取締役だったらしい。けれど、ご主人が急逝されて、その後ふみ子さんが代わりを」

「ええっ！」

自然と大きな声が出てしまった。

だって、祖母がそんな役目を？　もっと言えば、祖父のことも詳しく知らなかったから驚きを隠せない。

だけど、それなら祖母が久東百貨店を贔屓《ひいき》にしていたことに納得がいくかも。

「ふみ子さんも数年前に退任されてはいるものの、俺の祖父や父とはときどき連絡を取り合う仲だと聞いたよ」

菱科さんの説明に、目を大きく見開くだけだ。

すると、今度は祖母がお茶をすすったあとに、話しだす。

「今回の入院がこれまで以上に長引いちゃって、久我谷会長にちょっと弱音を吐いちゃったのよね。残りわずかの人生を思ったときに、どうしてもさっちゃんのことが気にかかっちゃって、そんな話もしちゃったの」

「それで、祖父が俺にそれとなく『知り合いのお孫さんに会ってみないか』と持ちかけてきて……」

『あとは昨夜教えた通り』とでもいうような目を向けられる。

「おばあちゃん、それって本当に初めから私を紹介しようとしてた？　來未ちゃんじゃなくて？」

「來未ちゃん？　それはないわ。私、來未ちゃんともときどき話をするのよ。來未ちゃんはお見合いの必要はなさそうだったもの」

必要はなさそう……つまり、祖母も姉に将来を約束した恋人の存在を聞いていたということ？

愕然としながら、自分の記憶をたどってつぶやく。

「でもお父さんは、私で大丈夫だって言うから」

私の発言に、今度は祖母が目を丸くした。

「まあ。さっちゃんのパパがそんなふうに言っていたの？　いつも気ぜわしくて話半分で聞くからそういうことになるのよねえ。さっちゃんのママと結婚する頃から変わらないのよ～」

祖母は悩ましげに片手を頬に添えて嘆いた。

気ぜわしく話半分で、とか……まるで私。そういう部分は父譲りなのだと改めて実感すると同時に、自分が注意を受けている気持ちになって耳が痛くなる。

「ああ、でも初めは私も『お見合いとかどう思う？』って聞いただけだから、もしかしたらそのときすでに、來未ちゃんだと思い込んだのかもしれないわね」

祖母は宙を見つめ、思い出しながら教えてくれた。

呆気にとられつつ、真相を整理する。

要するに、もともと私にと思った祖母の計らいが始まりだったってこと。それが、父を挟んだために話がねじれて伝わって、今の今まで誤解をしていた……？

足を揃えて座る菱科さんが、穏やかな表情で尋ねてくる。

「誤解は解けた？」

「はい……。つまり私の父の落ちつきのない性格からの早とちりで、話がこんがらがったってことですね」

私は脱力して肩を落とした。

「私は『お見合い』なんて言ったらさっちゃんに怒られると思ったから、強引には進めるつもりはなかったの。でも、京くんが何度も熱心にお願いしてくるものだから、つい。でもふたりがうまくいっているみたいで、自分のことみたいにうれしいわ」

祖母の喜びの声を聞き、菱科さんをチラリと見る。

本来は、姉の代わりになると決めて乗り込んだお見合いだった。でも結果的に、菱科さんのおかげで、こうしてがんじがらめになっていた自分から脱却しつつある。

菱科さんは私の視線に気づき、相好を崩した。ふいうちの柔らかい表情にドキッとする。

「京くん、さっちゃんとのお見合いのあとにも病院まで来てね。さっちゃんに逃げられてしまったって落ち込んで。でも、もう少し頑張りたいって言ってたのよ」

「あー、ふみ子さん。その話は……」

菱科さんがめずらしく気まずそうにもごもごとしている。

「私はね。京くんは、さっちゃんのいいところをちゃんとわかってくれているって感じていたから応援していたのよ。だから恋が実ったようで本当にうれしい」

祖母の口から赤裸々に語られると、さっきまでとは比べものにならないほどの羞恥心だ。顔から火が出るほど恥ずかしい。

しかし、ふと思い出す。

「お見合いのあと、病院に？　え……もしかして、前に連絡先を交換したとき？」

菱科さんがばつが悪そうに笑う。

「あれは……驚いたな。まさか幸とばったり会うと思ってなかったから」

あの日、祖母にそんな話をしていたなんて。

「ふふ。さっちゃん、少し前と比べてずいぶんいい顔してるわよ。ひとりで背負ってたものを下ろせて、心に余裕ができたのね」

祖母が頬を緩め、私の顔を覗き込みながら言った。

それは間違いなく菱科さんのおかげだ。

自分でも気づいていない些細な変化を人に指摘されると、途端に恥ずかしくなり咄嗟に俯いた。

すると、祖母がさっきよりも元気のない声で話しだす。

「あのね。私がまた病気になってしまったせいで、まだ小さかったさっちゃんは頑張り屋さんになりすぎちゃったから、申し訳ないなあって思っていたの」

「え……」

「覚えてるのよ。十歳のさっちゃんが、入院することになった私に『なんでもひとりでできるから大丈夫』って言ってくれたのを」

私も覚えている。元気そうに見えていた祖母が、実は病を患っていたと知った日のことだ。

ずっと我慢して平気なふりをして、笑って私と姉の面倒を見てくれていた。それを知った私は、今祖母が言ったように『大丈夫』とよく口にした。そうすれば、祖母の負担が減り、早く元気になれると思って。

祖母は力なく笑う。

「大丈夫なわけがないってわかっていたけど、さっちゃんがあまりに懸命にそう言うから、『ありがとう。頼もしいわね』って言ってしまったのよね」

祖母は私の肩に手を置く。

「あれから、自分ひとりでなんとかしようって頑張って、人に頼ることが苦手になっちゃったのかなと思っていたの。うんと小さいときは私にも來未ちゃんにも甘えて、べったりだった子なのにね」

いつの間にか私よりも小さくなった、華奢な手。

「さっちゃんは、これから京くんと助け合っていってね」

私は祖母の手を見つめ、得も言われぬ思いがこみ上げて、そっと手を握った。

「うん」

祖母を安心させるために——。このお見合いは、そういう願いも動機のひとつだった。そして、気づけば『祖母のため』だけではなく自分の意志となり、結果大切な人を喜ばせ、自身もこんなに心が温かくなっている。

それから、私たちは三人で和気あいあいとお茶を飲みながら話に花を咲かせていた。

小一時間ほど祖母と話をして、私は菱科さんを見送るために一度家を出た。

菱科さんは愛車を解錠し、運転席のドアを開ける。

「本当にいろいろと衝撃的でした。それに、久東百貨店の社外取締役だったって……なんで今まで教えてくれなかったんだろ」

私がつぶやくと、菱科さんは車に乗らずにこちらを向く。

「夫君含め、おばあさまも周囲から頼られる人だったようだけど、昔から自分の話より、幸やお姉さんの話を聞きたいから自分の話は後回しにしていたと以前聞いたよ。自分の功績に執着しないところは幸と同じだな」

小さい頃からずっと、祖母は私たち姉妹の話に相槌を打ちながら聞いてくれていた。その光景を思い出す。

過去に思いを馳せていると、急に菱科さんが頭を下げる。私は慌てて意識を現実に引き戻した。

「幸、悪かった。おばあさまの経歴はともかく、今回のお見合いや俺が幸を好きになったことを、本当はもっと早く話すべきだったとは思ってたんだけど」

「……いえ。あれですよね。私が冷静じゃないうえ、頑《かたく》なだったせいですよね。なにせお見合いの日なんか逃げ去ったくらいですし……」

あのときなら、きっとなにを言われても素直に聞き入れられなかった。

菱科さんも、私の言葉に心当たりがあるようで、小さく笑う。

「確かに、幸の不安をひとつずつ取り除かないことには、落ちついて耳を傾けてもらえないかなとは思ったかな」

「分析力とお心遣い、感謝します……」

首を窄《すぼ》めて小声で返すと、彼は顔を傾けて覗き込む。

「ともかく、これで幸は納得してくれた？」

私はコクコクと首を縦に振る。

菱科さんは満足そうに微笑んだあと、腕時計を確認した。

「さて。そろそろ出社しなきゃ」

「すみません。お忙しいのに、ありがとうございました」

私が改めてお礼を伝えると、彼は笑顔で返してくる。

「俺がしたくてしたこと。幸の大切な人は俺にとっても大事だから」

そういうことを、さらりと言える彼が好きだ。

菱科さんは私の頭を軽く撫でて、目尻を下げる。

「仕事が終わったら連絡するよ。幸はおばあさまとゆっくり休んで」

そう言って車に乗り込むと、颯爽と行ってしまった。


私が実家をあとにしたのは午後三時過ぎ。早めに帰宅してきた母と交代した形で実家を出た。

自宅アパートへ帰る電車の中で、スマートフォンにメッセージがきた。送信主を確認すると、姉だった。

私は嬉々としてメッセージを開く。

【やっほー。今日と明日休みなんだけど、幸は仕事かな？】

姉は、なんとなくメッセージからも明るさを感じさせる。その雰囲気にいつも元気をもらって笑顔になる。

【おかえり！　今日、私も休みだよ。今実家からアパートに帰ろうとしてたとこ】

私が返信すると、すぐに返事がくる。

【本当？　じゃあさ、夜ご飯食べに行こ～。まだ時間早いし、まずうちに来る？】

やった！　來未ちゃんと会うの久しぶりだ。

私はにやける顔をどうにか堪え、スイスイと指を動かす。

【OK！　今から向かうね】

姉の自宅は、ちょうど私のアパートと実家の中間くらい。

私は早く駅に着かないかなと、遠足中の子どもみたいにそわそわしていた。

その後、姉のマンションの最寄り駅に到着し、改札をくぐる。逸る気持ちが抑えきれず、小走りでマンションへ向かった。

駅からマンションまでは徒歩五分。あっという間にマンションが見えてくる。エントランスに向かうために建物に沿って曲がった瞬間、出会い頭に女性と衝突した。

「すっ、すみません！　大丈夫ですか？」

申し訳ない気持ちで女性を心配すると、彼女は長い髪を耳にかけ直して口を開く。

「いえ、こちらこ……そ」

目を合わせた途端、お互いに驚いて固まる。

美有さん……！　こんなところで遭遇するなんて！

ふいうちの再会に、頭の中が真っ白だ。彼女も同様の心境らしく、目を見開いて硬直していた。

それでも、やっぱり先に態勢を立て直したのは美有さん。

「あら。偶然ね。有望なバイヤーさんが、こんな高級住宅街にご用かしら？」

彼女からは先ほどまでの無防備なオーラは消え失せて、すっかり前回と同じ雰囲気を醸し出している。私はというと、まだ驚きが尾を引いていて、たどたどしい回答の仕方になる。

「ええと、姉の家に……」

「ああ、そういうことだったのね。こんなことを言ったら失礼だけど、あなたがこのあたりの部屋を借りるのは現実的ではないなと思ったの。私はこの辺の都市開発プロジェクトの責任者だから、なんでも知ってるのよね」

彼女は艶やかな唇に笑みを浮かべて言った。

わかりやすくマウントを取られ、返答に困る。しかし、実際に美有さんは優れた人材で肩書きも立派だから、今さらそんな比べる発言をされたところでなにも感じない。そもそも、私は私。彼女に劣っているとか、なにかが足りないなどと、落ち込んだり卑下したりする必要はない。

こんなふうに思えるのも、菱科さんの影響だ。

私はすっかり気持ちが落ちついて、美有さんと向き合う。

「どうせ知らないんでしょうけれど、彼もこのプロジェクトに関わる予定だったのよ。私と一緒にね」

腕を組む美有さんは、変わらず高圧的な態度のまま。

恐怖感はない。ただ、彼女の発言内容に引っかかりを覚える。

菱科さんが都市開発のプロジェクトに？　それは久東百貨店の事業内容ではないはず……あ、違う。久東百貨店じゃなく、久我谷グループなら。久我谷グループは、不動産事業を扱う部門もあったと思う。

私が思案していると、彼女は厳しい声音で力説し始める。

「もとより、京は久東百貨店のＣＥＯ程度のポジションに収まるような人じゃないの。彼は久我谷グループを牽引する能力を持ってる。もっと新しいことを成し遂げられる人間なの。彼の居場所はこちら側なのよ」

瞬時に思い出された。

そういえば以前、私が社内恋愛に消極的だった流れで、菱科さんは自分が久東百貨店を離れるような案を出した。その際、アテはないわけでもないと言いかけていたことを。

あれは、もしかしたら美有さんが言っていた仕事と関係があるのかもしれない。今の話が事実なら、もともと就く予定だった場所に移ろうとしていたとか……。

そう考えたとき、菱科さん自身の本心が気になった。

もしも、一度でも彼女の言う『都市開発プロジェクト』に情熱を向けていたのなら……。本当にやりたい仕事がそっちだったとしたら……。

考え始めたら、ついネガティブな方向に思考が引っ張られる。

自然と顔が下を向く。次の瞬間、ふいに思い出されたのは目を輝かせながら教えてくれた彼の信念。

『〝自分の理想〟じゃなく、〝お客様の理想〟を代名詞にできるような百貨店ブランドを目指してる』

彼が過去にどんな意志を持っていたかはわからない。でも、私の知っている菱科さんは、まっすぐな目でそう教えてくれた。

「あなたは彼になにを与えられるの？」

気持ちを立て直した矢先、美有さんに鋭い言葉を投げつけられる。

彼女は険しい顔つきのまま、黙って私の答えを待っていた。

私は臆することなく美有さんと対峙する。

少し前なら、美有さんの言葉を鵜呑《うの》みにし、大いに翻弄されて、菱科さんから離れる選択をした可能性もある。

でも彼は私に何度も誠実に、熱心に、気持ちを伝えてくれた。

不安になって心が揺らいでも、最後に残る想いはたったひとつ。

彼女をまっすぐ見ていた、そのとき――。

「私のかわいい妹に、なにかご用ですか？」

建物の角からやって来たのは姉だった。

美有さんは後ろを振り返り、ぽつりとつぶやく。

「妹……」

初めは驚いて戸惑っていた美有さんだったけれど、さっき私が『姉の家に』と説明していたからか、すんなり理解できた様子だ。

逆に私のほうがこんなタイミングで姉と遭遇したことに動揺する。

「來未ちゃん！　どうして？」

美有さんに負けず劣らずの抜群のスタイルを持つ姉は、久々に会ってもやっぱり変わらない。

ノーメイクでもはっきりとした目鼻立ち。すらりとした長身の姉と小柄な私は、親戚からもよく『似てない姉妹だね』と言われてきた。

私は小さな頃から姉が大好きだったから、そんなふうに比べられてもなんとも思わなかったけれど。

「幸から最寄り駅に着いたって連絡がきたわりに、ちょっと遅い気がして」

美有さんの前でも特段取り繕いもせず、いつも通りの雰囲気の姉を前にするとなんだか気が抜ける。

すると、逆に姉のスイッチが入ったらしく、上品に微笑み私に聞いてくる。

「それで、こちらの方は？　ちょっと会話を聞いてしまったけど、お友達――ではないのよね？」

聞かれてたんだ。どのあたりを聞かれていたんだろう。

美有さんもいる手前、どこまで説明すべきか考えあぐねる。その間に美有さんが姉に名刺を差し出した。

「私はこういうものです」

姉は両手で受け取り、名刺を見る。

「P．M．スエヒロ……ご立派な企業にお勤めなのですね。私はこの子の姉で、国内の航空会社でCAをしております、新名來未と申します。申し訳ありません。名刺は持ち歩いていなくて」

「いえ。お気になさらずに」

「それで、妹とはどのようなご関係で？」

にっこりと笑いかけながら質問する姉を見て、無意識に肩をすくめる。

妹の私にはわかる。今の姉の笑顔は……友好的なものじゃない。警戒し、いつでも臨戦態勢に入れるようにしているときの笑顔だ。

ハラハラする私をよそに、美有さんはさらりと返す。

「以前お会いしたことがあるんです。彼女が私の知り合いと一緒にいたときに、偶然」

「共通のお知り合いがいるということですか？」

「そうなりますね。今日もたまたま」

その『知り合い』の正体を、美有さんから説明されるとちょっとややこしくなりそう。できれば姉には自分から説明して紹介したいところ。

そう思ってはいても、美有さんが流暢に話を続けるから入り込む隙がない。

「ちょうどいい機会だと思ったので少し助言を差し上げていたんです。妹さんが私のパートナーと特別親しくしているようだったので、深く傷つく前に考え直したほうがいいのでは？と」

「え……？」

姉が怪訝な顔でつぶやくと、美有さんは私に向かって意気揚々と話しだす。

「彼の住むマンションには、キッズルームがあったり防音対策がなされていたりするのよね。リビングも広々としていて、子育てを視野に入れて購入する人が多いのよ」

美有さんの発言に愕然とする。心臓がバクバク鳴って、冷や汗まで流れてくる。

だって……確かに彼女が説明する内容は、菱科さんのマンションと一致する。

美有さんは自信ありげにニッと口の端を上げ、私に一歩近づく。

「彼のマンション、私が一緒に選んだのよ。ここまで言えば、意味わかるわよね？」

「幸……？」

姉が不穏そうに私を呼ぶ。私はなんとか冷静さを呼び戻し、姉に向かって首を横に振った。

落ちついて考えて、菱科さんと美有さんどちらの言葉を信用するかといえば、迷う余地なく菱科さんに決まっている。だけど、美有さんが話すことすべて私はまだなにも知らないだけに、姉にはっきりと否定するのも憚られた。

美有さんは、再び姉に話しかける。

「恋愛は自由ではあるけれど、家柄の釣り合いもやはり大事ですよね。結婚後に気づいても遅いですから。ああ、すみません。そろそろ時間が。私が戻らないと仕事が進まないので。ではこれで」

美有さんはにっこりと笑顔を見せて踵を返し、髪をなびかせて行ってしまった。

私と姉はぽかんと立ち尽くし、彼女の背中を見送る。

姉が名刺に目を落とし、ぽつりとこぼす。

「なに、あの人。末広《すえひろ》ってことは、経営者の血縁かしら」

私はどこから説明しようか考えを巡らせる。

菱科さんのことは、今日会ったときに話そうと思っていた。それがこんな状況になってしまって……。美有さんの発言をそのまま鵜呑みにされると、ものすごく面倒なことになる。

「この末広さんのパートナー?と、幸が?　特別親しいって?」

「それは……」

早く訂正をしなくちゃと気持ちが逸るばかりで、言葉が出てこない。

姉は、「ふー」とゆっくり息を吐く。

「ひとまず部屋に戻ろう」

私とは相反して、姉は相変わらず冷静だ。昔からそう。だからこそ、どんなトラブルが起きても冷静に対処しなければならないCAも適職なのだと思っている。

私は姉の一歩後ろをついて歩き、マンション内に足を踏み入れた。

姉の部屋は十五階まであるマンションの、十階。

エレベーターを降りてから部屋に入るまで、私たちは言葉を交わさなかった。

無言の時間が続くにつれ、緊張感が増していく。

私は「おじゃまします」と小声でつぶやくと、いつもの席であるダイニングチェアに腰をかけた。すると、來未ちゃんも向かい側の席に座る。

正面からの射るような視線を感じ、なんとなく顔を上げられない。

「幸、今付き合ってる人がいるの？」

ストレートな質問に、一瞬ドキッとした。

私はまだちゃんと目を合わせられないものの、こくりと頷く。

「さっきの、末広さんが言ってた相手と……っていうことで間違いないの？」

「あれは……！」

つい勢いで声が大きくなる。

美有さんの説明だと、まるで私が菱科さんを奪ったみたいだ。

でも実際、美有さんの話がすべてでたらめだと言いきれない。菱科さんに確認をしていないから、現時点で私の口からはっきりと否定ができなかった。

もしかすると、過去にふたりはビジネスを超えて親しい関係だったことがあるのかもしれないし……。

重く苦しい心持ちになり、不自然に口を噤んでしまう。

姉は私の様子を観察して、怪訝な眼差しを向けてくる。

「わかった。まずは順を追って教えてくれる？　その人とはどんなふうに知り合って、いつからつき合ってるの？」

私が同時に多くのことを考えて答えを導き出すのが難しいと判断して、そう言ってくれたのだとわかった。実際、姉からの質問はいつも答えやすい。

「ええと、おばあちゃんがきっかけで、その人とお見合いという話になって」

「お見合い⁉　はあ……大方おばあちゃんは『幸のため』って思ったのね。悪意はないのはわかるけど、そういうところあるのよね、昔から」

「いや、それは……」

姉の勢いに負けて思うように説明できない。

「さっきあの末広さんって人、相手のことを久東百貨店のＣＥＯって言っていたわよね。久東百貨店っていったら幸の職場じゃない。本当にそんな人が来たの？　幸とのお見合いに？」

「そっ、そうなの！　うちのＣＥＯでね。だから心配することはなにも――」

「心配することはなにもないはずないでしょう。大ありよ」

思いも寄らない辛辣な態度を取られ、思わず言葉が引っ込んだ。

「幸。客観的に考えてみて。一点集中型で、仕事が一番だから恋愛はしないってずっと言っていた妹が、急にお見合いして付き合って、さらに相手の知人女性が因縁つけてきて……って、心配しない方が無理だと思わない？」

なにひとつ言い返せない。姉の言う通りだ。

口を引き結んだまま黙り込む私に、姉は「ふう」と息を吐いた。

「その彼の今日の予定は知ってるの？」

「え？　今日は仕事で、そのあとのことはわからないけど……」

「今夜、約束を取りつけてもらえない？　とてもじゃないけど、私こんな心配ごとを抱えたままでいられない」

姉からのお願いの内容に、度肝を抜かれる。

「今夜、約束を？」

「大丈夫。喧嘩をするとかじゃないから。ただどういう相手かを知っておきたいの」

向かい合っている姉の顔をジッと見つめる。

「……わかった。聞いてみる」

そうして、姉が見守る中、私は菱科さんにメッセージを送る。

美有さんのことには触れず、端的に【姉が菱科さんに挨拶をしたいと言っているのですが、今夜のご予定はいかがですか?】と。

すぐに既読にならず、ふたりでコーヒーを淹れて飲み始めて数十分後にスマートフォンの通知が鳴った。

菱科さんからの返信内容は、誘いに対する快諾と、【よければ食事も一緒に】といったものだった。

待ち合わせは、国内でも有名なリゾートホテル『オークスプラチナ』。

私と姉は、そこの二階にある懐石料理店を訪れた。

暖簾《のれん》をくぐり、名前を告げるとすぐにスタッフが案内してくれる。その先の個室に、菱科さんはすでにいた。

掘りごたつの席に座っていた菱科さんは、すっと立ち上がって一礼する。

「初めまして。幸さんと交際させていただいております、菱科京と申します」

「幸の姉の來未です。初めまして。今日は突然のお願いにもかかわらず、お時間をつくってくださりありがとうございます」

一触即発のようなハラハラする雰囲気はないものの、和やかな空気ともいえない。

どこか緊張感を醸し出す姉に、私まで緊張した。

菱科さんがにこやかに「座りましょうか」と声をかけてくれて、私は姉と並んで腰を下ろした。

「ここはコース料理のみなのですが、苦手なものや、逆に好きなものなどありますか？」

菱科さんの質問に、姉は「そうですね……」と言って少し間ができる。

私がすかさず場を繋ぐ。

「私はなんでも好きです。來未ちゃんも、食べられないものはないよね？　あ、でも特に煮物とかお寿司とか好きだよね。お蕎麦《そば》とか！」

姉は海外で過ごす機会が多く、そのせいか一緒に食事をするときは日本食を選ぶことがほとんどだ。

私が嗜好をペラペラと話したからか、姉は恥ずかしそうに小声で言った。

「……幸、黙って」

普段しっかりものの姉が、ときどきこういう反応を見せるからとてもかわいい。

そこで、菱科さんがお品書きをこちらに向ける。

「そうなんですね。ちょうど今日お願いしようかなと考えていたコースに、今言ったものが全部含まれてますよ。では、こちらをオーダーしてもよろしいでしょうか？」

姉がひとつ咳払いをして、小さく答える。

「はい。お願いします」

その後、先付けから始まり、煮物椀、お造りと新鮮さや繊細な味わいを楽しんだ。

食事中は姉も普段通りに振る舞っていて、菱科さんとお互いに仕事の話題を中心に会話をしていた。

最後に抹茶とお菓子が出され、全員が食べ終えたときに姉が急に真剣な面持ちで切り出す。

「菱科さん。失礼を承知で単刀直入に申し上げます。女性関係がだらしのない方に、うちの幸は渡せません」

「くっ……來未ちゃん？　そんな、唐突に」

突如姉の口から飛び出した発言に、さすがの菱科さんも驚いて目を見開いていた。

「大変恐縮ですが、それは僕のことをおっしゃっているのですか？　心当たりがまったくないのですが」

姉の不躾な言葉にも怒りを表すことなく、菱科さんは温和な声でそう返した。

隣の姉を見やれば、姉もまた感情的になってはおらず、菱科さんをまっすぐ見つめていた。

「いえ……。実はまだわからないのです。ですので今日、お会いしたかったんです。幸をお願いしても安心できる方なのかどうか」

いきなり今日約束を取りつけてほしいと言われたときは、本当に驚いたし不安もあった。だけど、あくまで姉は私を心配して言いだしたのだと再認識する。

すると、正面の菱科さんは、腑に落ちたといった様子で頷く。

「なるほど。そういうことですか。では、どうぞ。ほかにも質問があるようでしたら、いくらでも。來未さんが安心なさるまで、包み隠さずなんでもお答えいたします」

堂々と宣言する彼は、本当に頼もしい。

姉は菱科さんの雰囲気に少し圧倒されたようで、一瞬視線を手元に落とした。

「ではまず、末広さんという女性をご存じでいらっしゃいますよね？」

「末広美有？　ええ、彼女とは知り合いではありますが」

「彼女が、幸に向かって言ったんです。菱科さんが今お住まいのマンションを一緒に選んだといった内容や、あなたと幸とでは釣り合いが取れていないといったことを」

姉は今日あった出来事を抜粋し、淡々と説明した。

それらはどれも事実なだけに、姉を咎めたり制止したりすることができなかった。

マンションの話については真偽が不明で胸がざわめく。菱科さんをちらりと見れば、愕然としていた。

「末広が、そんなことを……來未さんにご不安を抱かせたこと、お詫びします。ですが、それらはどれも事実ではありません。そこだけは信じていただきたい」

彼は眉根を寄せ、険しい声音で謝罪した。そのあとに姉を正面から見据えて訴えると、今度はその真摯な瞳がこちらを向く。

「幸も。不快な思いや不安にさせて申し訳ない」

そうして、深く頭を下げる。

私は菱科さんのつむじを見つめ、表情を引きしめる。

「私は信じてます。菱科さんのこと」

菱科さんを疑いはしなかったから、はっきりと伝えた。

すると、菱科さんはほっとしたように口元に笑みを浮かべる。

「ありがとう、幸。俺もそんな勝手なことをされて黙っていられない。早々に彼女に会って対処するよ」

後半は凛々しく宣言したかと思ったら、私の横にやって来て手を取った。

「もし……幸さえいいと言ってくれるなら、そのときは一緒にいてくれないか。幸が不安になっていること、全部払拭すると約束する。そして、二度と幸を傷つけないようにさせる。必ず俺が守るから」

一緒に……？　美有さんとの決着をつけるときに、私も……？

菱科さんの瞳はまったくぶれない。

「まさか、また彼女と幸を会わせるつもりですか？」

姉が焦燥に駆られたように、話に割り込んできた。

私は菱科さんの手を握り返して微笑んだ。

「わかりました。一緒に行きます」

「幸！　本当に？　よく考えて決めなさいよ？」

私は菱科さんの手をそっと離し、姉のほうへ向き直る。

「あのね、來未ちゃん。私、お見合いを受けてよかったと心から思ってるの。菱科さんに出会えてよかったって」

そして、ひとつひとつゆっくり伝える。姉はなにも言わず、黙って私を見ていた。

「菱科さんは臆病だった私に寄り添ってくれた。恋愛のよさも、仕事をより楽しむ方法も教えてくれた。この先一緒にいたい人を考えたら、菱科さん以外考えられない」

彼は、私に歩み寄っては手を差し伸べ、ともに並んで歩いてくれる。

「私、菱科さんが好きなの」

ストレートに『好き』と口に出すのは、これが初めてかもしれない。

だけど、今は照れも緊張も感じない。

私、今ではもう自信を持って彼が好きだと言える。

「末広美有が幸に好き勝手言ったことは水に流すつもりはありませんので、どうかご安心を。……幸を傷つけた代償は大きいのでね」

菱科さんは口の端をわずかに上げ、ニヒルな笑みを見せたかと思えば一転、姉に対し誠実な目を向ける。

「來未さん。そもそも僕たちは政略結婚を見据えたお見合いだったわけではありません。僕が長年幸さんに想いを寄せていて、祖父たちの縁を利用させてもらったんです」

「え……そうなの？　おばあちゃんの押しつけじゃなかったってこと？」

驚愕する姉に、私はコクコクと首を縦に振った。

姉は少しの間黙り込む。頭の中を整理しているのかもしれない。

「その話が本当なら、菱科さんが幸を好きだと思うところを教えてくれます？」

姉がふいに菱科さんへ質問を投げかける。

「えっ？　く、來未ちゃん！」

なんでそんな質問を！　そんなの、ふたりきりのときに言われたって恥ずかしいのに！　姉の前でとか……どんな顔で聞いたらいいの。

動揺するも、心の奥底では菱科さんの回答が気になるところ。ただやっぱり、聞きたいけれどこの場では聞きたくないような、そんな複雑な心境でそわそわと落ちつかない。

「もちろん、いくらでも」

菱科さんは平然とそう前置きをして続ける。

「常に一生懸命で向上心を持って明るく元気なところ。接客の際、ビジネスライクではなく、心から寄り添う姿勢を持っているところ。全力で挑戦して、うまくいかなかったら真剣に落ち込んで、でもまた前を向き、最後に見せる笑顔がかわいいです」

悩む素振りも見せず、次々と流暢に出てくる言葉に姉は茫然とする。私も照れくささを通り越して隠れてしまいたくなった。

けれども、当の菱科さんはお構いなしでまだ言葉を並べる。

「自分の好きなもの、好きな仕事になると瞳がキラキラと輝く。そんな純粋な幸さんが最高に――」

「もう十分です。よーくわかりました」

姉が制止して、ようやく菱科さんは口を閉じる。

「正直、想定外で思考が飛びかけました」

姉は額に片手を添えて、ぽつりとこぼした。

「想定外とは？」

菱科さんが尋ねると、姉はしばらくそのまま動かず。少しして、やっと伏せていた瞼を押し上げた。

「なかなか想像しにくいでしょう。若くして国内大手百貨店のＣＥＯに就任し、ご実家も立派な環境で、容姿もいい。こちらがどんなことを言おうとも、さほど大きな動揺も見せず、冷静沈着かつ余裕もある。力で強引にねじ伏せて解決するでもない」

そこまで一気にまくし立てると、姉はふいと顔を軽く横に向ける。

「そんな人が、妹を語るときは熱く夢中になるなんて……誰も予想できないですよ」

「……なるほど。そう言われたら、僕も幸さんの存在を知ったあとの自分の変化に驚いていたくらいです」

菱科さんは、ひとりごとのごとくつぶやく。そして、再び姉をまっすぐ見た。

「なにごとも予定調和だった僕は、なにに対してもそんな感じだったんです。幸さんだけが、出会ってから今もずっと、僕を翻弄する」

姉は真剣な顔で菱科さんの言葉を受け止めている様子だ。

「嫉妬深くなったり不安になったり、焦《じ》れたりして、自分の感情の先が読めない——幸さんへの気持ちだけ、どういうことか制御がきかない」

菱科さんはそう話すとゆっくり私を見て、困った顔でわずかに笑った。

「僕にとってかけがえのない女性です。幸さん以外は考えられない」

途端に、私の心臓がさらに速いテンポで脈を打ち始める。

こんなに熱い想いをぶつけられたら、照れや恥ずかしさなんて感じる暇なんかない。

彼と同じように熱い想いが滾《たぎ》るだけ。

「ふたりして、同じこと言っちゃって……」

菱科さんの宣言に姉は苦笑した。

『同じこと』——。菱科さんも、私以外は考えられないと、そう思ってくれている。

彼の気持ちは日頃から十分伝わってきてはいたけれど、改めて言葉に出されるとものすごくドキドキする。

「約束してください。蒸し返すようで悪いのですが、幸が二度と同じような目に遭わないよう、対策をしてください。必ず幸を守って」

姉の頼みに、菱科さんは背筋を伸ばしてしっかりと答える。

「はい。もちろんです」

「菱科さん。初対面にもかかわらず、失礼な言動ばかり、大変申し訳ありませんでした。どうか妹を、これからもお願いいたします」

するど、姉は最後に深々と頭を下げて菱科さんにお礼を告げた。

私はそんな姉の姿を見て、胸の奥に熱いものが込み上げた。

翌日は平日。私は通常通り出社し、仕事に就いていた。

昨夜は菱科さんが気を使ってくれたのか食事を終えたら解散となり、久しぶりに姉のマンションに泊まらせてもらった。

照明を消した真っ暗な部屋で、布団に入ったあとも、しばらくふたりで話が盛り上がった。

そんな楽しい時間をときおり思い出しながら、仕事を進める。

お昼休憩になった際に、菱科さんからメッセージがきた。お弁当を食べる手を休め、メッセージを開く。用件は、今夜美有さんと約束を取りつけることができたという報告だった。

菱科さんは、問題を先送りにするような人じゃないと思ってはいた。

想定通りだったとはいえ、昨日の今日での連絡に少し驚いた。

続けて、待ち合わせの時間や場所について送られてきた内容を確認し、私は【わかりました】とだけ返信した。

仕事に区切りをつけて本社を出たのは、午後六時半を過ぎたくらい。

待ち合わせは、ひとつ隣の駅付近に七時。菱科さんは外出先から直接来るらしい。

待ち合わせ場所に到着し、キョロキョロとするも菱科さんはまだ見当たらない。

なにげなくぼんやり行き交う人を眺める。

帰宅する人や、これから食事に行く人たちで賑わっている。そういえば、今日は金曜日だった。

私は視線を自分の足元に移し、「ふう」と息を吐く。

このあと美有さんと会うと考えたら、やっぱり緊張はしてしまう。

自分のつま先をジッと見つめていたら、突然肩にポンと手を置かれる。

「わっ」

私は驚いて飛びのき、勢いよく顔を上げた。

「菱科さん！　び、びっくりした」

横に立っていたのは菱科さん。

考えごとに没入していたせいで、気配に気づけなかった。いつの間にか近くに来ていたらしい。

「驚かせたみたいでごめん。名前呼んだんだけど、気づいてなかったから」

苦笑しながら言われ、脱力する。

「それは、私こそごめんなさい。えっと、お疲れさまです」

「いや……。緊張してる？　やっぱり苦痛なら、俺だけ行くからどこかで待っ――」

「いえ」

私はきっぱりと返し、菱科さんの手をきゅっと握る。

「大丈夫です。菱科さんと一緒だから」

すると、彼は目をぱちくりとさせたあと、微笑んだ。

「ありがとう。それじゃ、移動しようか」

移動中は冷静になるよう心がけて、こっそり呼吸を整える。

十分くらい歩いてたどり着いたのは、路地裏にある和洋の要素が混ざったような印象のカフェ。

ドアは引き戸っぽいのに外灯のランプは外国風。玄関先に並べてあるプランターも、洋風っぽいデザインのものと和のデザインのものがあるうえ、花もいろいろ。菊やアヤメに似た花もあれば、マーガレットや、花びらがひらひらしてかわいらしいものもある。

冬でも咲く花がこんなにあるんだと驚き、思わず足が止まった。

「ここで待ち合わせを？」

尋ねたわけは、少々意外だったから。

私のイメージにすぎないのだけれど、菱科さんと美有さんが会う場所と想像したら、高級レストランとか料亭とかそういう場所な気がして。ふたりの雰囲気から、そういった場所が似合うし、自然だと思っていた。

「そう。幸は気に入ってくれると思う」

柔らかく目を細めて言われると、このあとの本来の用件を忘れ、単なるデートだと錯覚しそうになる。菱科さんがそう言うほどだから、きっと素敵なお店なのだろう。

美有さんの存在を思えば気が重いところだけれど、目の前のお店を見たらわくわくもしてきた。

菱科さんが入り口のドアを開け、先へと促してくれた。私は会釈をして、敷居をまたぐ。

「わあ、すごい」

店内は木の温もりを感じられる造りで、暖色のライトがなんだかぽかぽかと暖かく感じさせる。

レジカウンターの周りには物販コーナーがあり、所狭しとコーヒーや紅茶、食器や雑貨まで並んでいる。その数、ざっと百種類以上はありそう。

私は途端に隅々まで見たい衝動に駆られた。

すると、店の奥からエプロンをつけた四十代くらいの女性がやってくる。

「いらっしゃいませ。こんばんは、菱科さん。いつもありがとうございます」

「こんばんは。今日は急な予約をお願いしてすみませんでした」

「いえいえ。どうぞ奥のお席へ」

私は菱科さんに続いていき、店内の一番奥の席まで来ると、菱科さんの隣に座った。

店内を改めて見てみると、テーブル席数は十席ほど。あとはキッチンの前にカウンター席が五つ。

それから、テーブルに置いてあるメニュー表が視界に入った瞬間、驚いた。

「えっ。すごくリーズナブルですね……？」

私にとってカフェの相場といったら、飲み物一杯は四百円前後のイメージだった。しかし、ここでは二百円程度のものが多い。

「リーズナブルにいろんな味が楽しめる、そういうコンセプトの店だよ」

メニュー表をよくよく見ると、ついさっき見た銘柄のものに目が留まる。

「あれ？　もしかして、レジカウンター付近に並んでいたお土産用のティーバックやドリップコーヒーが？」

「そう。豆からコーヒーを淹れてもらうこともできるけど、ここの売りはこの多くの種類の紅茶やコーヒーから選べるところ。ティーカップやカトラリーも取り寄せしてくれる」

「わ、それはあまり聞いたことがありません。面白いお店ですね」

このあと控えている予定もすっかり忘れ、メニューや店内に夢中になる。そこへ、さっきの女性スタッフが、再びこちらにやって来た。

「こちらのお席です」

女性スタッフの後ろから現れたのは美有さんだった。

彼女はスタッフが去っていったのを確認してから、私を見て言い放つ。

「どういうつもり？　その子がいるなんて聞いていないけど。大体、こんなところに呼び出すなんて。……もしかして、このお店をセレクトしたのはあなた?」

美有さんは私に冷ややかな目を向ける。

私は一瞬肩をすくめかけたけれど、気を持ち直して美有さんを堂々と見据えた。

彼女の質問に対し、先に反応したのは菱科さんだ。

「ここに決めたのは俺だけど?」

「は? 冗談でしょ。どうしちゃったのよ。ああ、この子に合わせざるを得なくなったの? やっぱりやめたほうがいいわ。これまで積み上げてきたものがパアよ。一時の感情で知識もキャリアもなくすなんて」

「はあ。どうでもいいことをつらつらと……もう黙ってくれないか」

菱科さんは大きなため息をついて眉根を寄せ、辟易したように淡々と返した。

そして、オーダーを取ろうとして待っていたスタッフが気まずそうに尋ねてくる。

「あ、あの……ご注文はいかがいたしましょうか」

「いつものコーヒーをひとつ。幸は?」

「あっ。ええと、このメニュー表の一番上の紅茶を」

「かしこまりました」

美有さんの言動はきっとスタッフにも届いていた。せめて表面だけでも、和やかな雰囲気を装おうと思って私が笑顔を振りまくも、心臓に悪い。

するると、菱科さんが美有さんを一瞥した。

「社会人ならマナーくらい守ったらどうだ？」

「……彼と同じものを」

「はい。コーヒーはおふたつですね。お待ちくださいませ」

美有さんはオーダーを終えると菱科さんの向かい側に座る。ピリついた空気が痛いほど伝わってきて、思わず息を潜めた。

口火を切ったのは菱科さん。

「話を長引かせるつもりはないから本題に入る。彼女に誤った情報を伝えて、なにがしたいんだ。目的はなんだ？」

「さあ？　なんのことを言っているのかわからないわ」

「俺が君とマンションを選んだ事実はない。確かに物件を探している時期はスエヒロにお世話にもなったが、相談に乗ってくれていたのは末広さん……君の父親だろ」

菱科さんのマンションは、美有さんは直接関わっていなかったんだ。

事実を知り、ほっと胸を撫で下ろす。

「『わからない』だなんて白々しい態度はよせ。今回の幸に対する言動について、

「きっちり説明願おうか」

斜向かいに座る美有さんは、腕を組み顔を背け、あからさまに『不服だ』と態度に出す。

「私、怒ってるのよ。京が勝手に今の役職を選んだこと」

「美有に許可を取らなければならない理由はない」

「都市開発を成功させるために、何度も一緒に出かけたじゃない。評判になりそうなシェフや、バリスタのいるレストランやカフェを探して回ったわ。あなたの海外赴任も、現地の有名店と繋がりをつくるためだと思ってた」

美有さんは綺麗な顔をしかめ、菱科さんに低い声で訴える。

「それなのに、パートナーの私になんの相談も報告もなしに、久東百貨店のＣＥＯになるなんて……！」

菱科さんもまた、しかめっ面で長い息を吐いた。

「当時、祖父に頼まれて久東と都市開発の仕事をかけ持っていただけにすぎない。俺はすでに、そっちの事業から離れている。そもそも、祖父の頼みを聞いたのも、将来的に久東百貨店に入ってもらう店をリサーチしていたからだ」

「嘘よ。久東百貨店のほうが手伝いだったはずでしょ？　それが落ちついたらグループ本社に行くはずだって父が言ってた！」

そこに、「お待たせしました」と飲み物が運ばれてきた。

本来ならコーヒーや紅茶のいい香りに頬を緩ませているであろう場面に、私たち三人はニコリともせず、穏やかではない雰囲気だ。

私はスタッフに会釈をし、菱科さんは「ありがとう」とお礼を言った。

再び三人になったところで、菱科さんから話の続きを始める。

「都市開発事業の件は、祖父の意志であって俺の意志じゃない。祖父も一時的な協力でいいと承諾し、あとのことは俺に一任している」

「私を無下にしていいの？」

ここまでのふたりの会話を聞いて、いろいろな事実が見えてきた。そんなときに、美有さんが不穏な空気を醸し出すものだから固唾《かたず》をのんで見守る。

「うちが所有する開発地の中には、久我谷グループが……久東百貨店だって新店舗や新事業で関わるものもあることは知っているでしょ？　京の態度によっては私が父に考え直すようかけ合うことだって可能なんだから」

半ば脅し文句みたいな内容に不安になる。思わず横目で菱科さんをうかがった。

しかし、彼は常に凛然としてそこにいた。優雅にコーヒーを口に運び、ソーサーにカップを戻すと、美有さんをまっすぐ見据えた。

「スエヒロが魅力的な立地の土地を所有しているのは承知している。だが極論、お客様はサービスと提供するものの内容や雰囲気などに魅力を感じ、足を運んでくれる。俺は長らく百貨店にいていろいろと経験してきた。自分の見解に自信はある」

「あはは。京、本気？　わざわざ冒険しなくたって、その『魅力的な立地』を利用すればいいだけの話じゃない。私はそれを与えられる側にいるのよ？」

確かに、好条件の場所に魅力的なお店があれば鬼に金棒だ。菱科さんの意見も理解はできるけど、さすがにこれは分が悪いかも……。

ふたりの動向を見守る。相変わらず美有さんは余裕綽々といったところ。

そんな状況でも、菱科さんは動じず口を開く。

「不要だ。土地や地域が魅力的でも、そこを管理する人間に魅力がないなら、発展する未来が見えない」

彼は堂々と言いきった。迷いなくばっさりと美有さんの言葉をはねのけるさまに、部外者の私まで度肝を抜かれた。当然美有さんも目を大きく見開いて固まっている。

「ちょっ……なに言ってるの？　本気なの……？」

美有さんが前のめりになって菱科さんを問い質すも、彼は黙ってまたコーヒーを飲むだけ。

　すると、彼女は突如私を睨《にら》みつける。

「ずっと黙っているけれど、あなたは彼になにを与えられるの？　まさか〝愛〟とかむずがゆいこと言わないわよね」

　急に半笑いで矛先を向けられ、さすがにたじろぐ。

「美有、いい加減に――」

「私が菱科さんにあげられるものは……今は確かに思いつきません。ただ、彼に心からの尊敬の念と、思いやりを抱いています」

　彼女は初め、ぽかんとするものの、すぐに小バカにしたように笑った。

「なにもないってことね。尊敬とか思いやりなんて、そんなまるで小学生の作文みたいなことを。現実にはなんの足しにもならないものだわ」

「自分のものさしで彼女を計るな」

　すかさず言葉を返した菱科さんは、美有さんに対し鋭い目を向けて威嚇する。しかし、今度は私を見るなり、打って変わって優しい瞳に変わる。

「彼女との時間はなににも代えがたいもの。幸の存在は、俺にとっての原点であり原動力だ」

胸の中が優しさで満ちていく。

「なにを……バカげたこと……」

「私はあなたの目には無価値な人間に映っているのかもしれない。でも、私が大好きな人たちが私を必要としてくれたら、私はそれで十分。多くを望みません。ただ、誠心誠意同じ気持ちをお返しするだけです」

誰に笑われたっていい。私の大切な人たちにさえ届いていれば、それだけで。

恥じることなく、私はまっすぐ美有さんを見続けた。

そこに菱科さんが言葉を添えてくれる。

「価値観は人それぞれ。それを否定するつもりはない。だからこそ、俺は美有とは価値観が合わない」

美有さんは納得いかないと言わんばかりに首を傾げた。

「は？　そんなことなかったでしょ？　食の好みも似ていたわ。気になる店も一緒だったじゃない」

「綺麗で美味しい高級店は、確かに素晴らしいし話題にもなる。しかし、身近な雰囲気で楽しく過ごす店も、お客様は同じように笑顔になると知っているか？」

菱科さんが紡ぐ言葉から、ある光景が目に浮かぶ。

それは、私がこれまで毎日のように見続けてきた、お客様との時間——。

お客様がうれしそうに頬を緩めるのは、『綺麗だから』『美味しいから』『高価なものだから』と、決してそんな単純な理由だけじゃなかった。

たとえばお客様がなにか贈り物を探しているとき、それはお客様それぞれで思い描いている商品が違う。

私たちはひとりひとりに寄り添い、求めているものを提供するために尽力する。お客様が探しているものがわかったときに、他店のもののほうが適していそうならば、そちらをご案内することだってある。

たとえうちのお店で購入していただけなかったとしても、それよりも探していたものを一緒に見つけられた喜びに勝るものはないと思っているから。

そのときのお客様が、次回また別のお買い物の際に足を運んできてくれる。そんな瞬間がまたうれしい。

利益だけではない、そういう『余白』こそ私は大切にしたいし、守っていきたい。

「俺がやりたい仕事はそういうものを追求すること。金額だけで価値観を固めたくないんだ」

「理想論だけ並べても、結局資金を回収しなきゃ店は潰れるのよ？」

「慈善事業とは言っていない。戦略次第さ。総括して、携わる人間の魅力が成功に繋がると思っている」

菱科さんは最後に私を見て、ニコリと笑ってくれた。

「バカバカしい」

美有さんはそう言い捨て、席を立った。

「そうか。末広社長は俺のこの思想に概ね賛同してくれているはずなんだけど」

菱科さんは自分のスマートフォンをスッスッと操作し、なにか画面を開いてテーブル上に置いた。

「P.M.スエヒロの持つ不動産を利用し、久東百貨店『別館』として新店舗をオープンする予定。これはすでに決定事項」

美有さんはスマートフォンを凝視して、今日初めて大きな動揺を見せる。

「き、聞いてないわ、そんな話！」

「そうかもな。君とは価値観が違うから、この件からは外されているということかもしれない」

美有さんはスマートフォンを手に固まっている。

「ラグジュアリーなものが悪いとは言っていない。だが、そのまま高級ブランド至上主義でいると、いつか足元をすくわれかねないぞ」

「は……っ？　大きなお世話よ」

美有さんはスマートフォンをテーブルに音を立てて戻し、踵を返した。次の瞬間。

「待て」

菱科さんが美有さんを呼び止めて立ち上がると、彼女の肩をとらえた。

「俺と君はもともと見ている方向が違う。だから俺たちが直接関わる必要はもうない。もちろん、幸とも」

そして、彼はこれまでで一番低い声で追いつめる。

「約束しろ。二度と幸を侮辱しないと。じゃなきゃ、次は俺もこんな冷静な話し合いで終える自信はない」

美有さんは下唇を噛みしめ、菱科さんを睨みつけた。

「放して！　関わるわけないでしょ、そんななにも持たない子に。私、そこまで暇じゃないの」

美有さんは息巻いてお店を出ていった。

私は菱科さんとふたりきりになって、無意識に肩の力を抜く。

「な……なんか……いろいろ衝撃的でした……」

よくも悪くもはっきりとした性格とでもいうのかな。美有さんにとっては自分の仕事に誇りを持っていて、自信もあって、なによりも大事なのかもしれない。

そして、それを有能な菱科さんと一緒にやり遂げたい気持ちが強すぎて、今回ちょっといきすぎてしまったのかも。

菱科さんは椅子に座り直し、私に向かって頭を下げた。

「えっ？」

「申し訳なかった、本当に」

驚くあまりすぐに言葉が出なかった。だけど、私は菱科さんに対してひとつも不満はない。

「私、菱科さんと美有さんが深い関係だとか、そういう不安はなかったんです。ただ……引っかかっているのは、久我谷グループに支障が出るのではと」

彼のつむじを見つめ、本音をぽつぽつと口にする。

美有さんは、菱科さんと一緒に仕事ができなくなったことを嘆いていた。菱科さんのことを『私のパートナー』って堂々と宣言したこととか、さっきの話し合いもところどころ優位に立っているような口ぶりをしていたから、不安になってしまう。

「心配させてごめん。大丈夫だよ。美有にそこまでの権限はない。それに、彼女の父の末広社長とは懇意にしてるんだ」

「そうなんですね。あ、さっきもマンションの話を……」

「ああ。でもいろいろ勧めてはくれたけど、結局今のマンションは俺が探して決めた物件だから安心してほしい。美有は一切関係ない」

気になっていたことがすべて解決したはずなのに、胸の奥がチリッとする。

「今さらですが……『美有』って呼んでるんですね」

菱科さんが彼女を初めて『美有』と呼んだときは、ここまで気にすることもなかったのに。今、すごくその呼び方に引っかかる自分がいる。

悶々とするあまり、思わずぽつりと漏らしたものの、すぐに我に返って明るく振る舞った。

「すみません。こんな子どもっぽい嫉妬を」

いくら菱科さんでも、名前の呼び方ひとつに引っかかるなんて呆気にとられるに決まっている。

居たたまれない気持ちで彼を見ると、どこかうれしそうな表情をしていた。

「え、と……どうして、うれしそうなんですか？」

「ああ。ごめん、つい。幸がやきもちを焼いてくれていると思ったら自然と」

『やきもち』だなんて、改めて口にされるとものすごく恥ずかしい。一気に頬が熱くなる。


そのとき、菱科さんがふわりと手を重ねてきた。

「彼女は大学からの付き合いであり、彼女の父親も交えて三人で会う時期もあったから、彼女と彼女の父親を呼び分けていただけなんだ。でも、配慮が足りなくて申し訳なかった。もうほかの女性を名前では呼ばないよ」

ああ。いつの間にか私は菱科さんの言葉ひとつで、こんなにも感情が大きく変化するようになってしまった。彼の存在が、私の中でもう引き返せないくらいに大きくなっているのだと今実感する。

「はい。それにしても、菱科さんは彼女と仕事で会うかもしれませんし、大丈夫でしょうか？　今日のこと、引きずったり……」

「たぶんもうしばらくは関わってこないはず。というか、そんな気持ちの余裕もなくなっただろうな」

「え？」

「彼女。昔からめちゃくちゃプライド高い人だから。社内の案件で知らないことがあったってだけで、ショックを受けたに違いない。それに……」

菱科さんが言葉を止める。私は純粋に話の続きが気になって、ぽつりと尋ねた。

「それに？」

菱科さんは数秒思案し、口を開く。

「いや。これはただの憶測だけど、レストランでもアパレルショップでも、上辺しか見ずにいれば、きっとそっぽを向かれ始める。やっぱり、どんな職業の人でも自分の腕や作品に愛情を持っている人についていきたいって思うものだから」

そういう考えは、きっと私もこれまで心の中にずっとあった。

お客様に寄り添うのと同じくらい、メーカーさんや商品のひとつひとつを、深く知って好きになりたいと。

「菱科さんは初めから今の仕事に夢を持って、頑張ってきたんですか？」

私が突然尋ねた質問に、菱科さんは目を丸くする。

「その、本当に都市開発のほうに未練はないのかな……と」

「まあ都市を造っていくのもやりがいはありそうだけど、子どもの頃から百貨店に思い入れもあったしね」

菱科さんの返答に、思わず興奮気味に同調する。

「それ、私も同じです！　おばあちゃんに連れられてやって来た百貨店が、小さな頃の私にとって特別な場所で、特別な時間だったから」

するると、菱科さんがくすっと笑う。

「俺も。母親が連れてきてくれて、母方の祖父……今の久我谷グループ会長がレストランのデザートを別室まで運ぶよう手配してくれた」

「別室ですか。でも菱科さんのおうちならそうなりますよね。それは特別な思い出ですね」

「いや。俺もそのうちレストランで食べたくなって、わがままを言ったりもした」

「菱科さんが？　わがままを？　かわいいですね。今は想像できませんが」

大人の頼りがいのある菱科さんしか知らないから、そんなふうに小さなわがままを言ってお母様やおじいさまを困らせる姿を想像したらにやけてしまう。

両手を口に添えて笑い続けていると、菱科さんはずいと顔を近づけてきた。

私は驚いて、笑い声も止まる。

「かわいい？　本当に？」

「え？　はい……」

気に障ってしまったかな、と不安になるや否や、彼がニッと口角を上げる。

「じゃあ、わがまま言わせてもらおうか。今夜、幸を独り占めしたい」

低く甘い声でささやかれる。私はドキッとして、即座に返答できなかった。

「あ……ええと、はい。……どうぞ」

たぶん、今私の顔は真っ赤だと思う。

菱科さんが幸せそうに頬を緩めて見つめてくるものだから、恥ずかしい気持ちがますます膨らんでいった。

「あ、紅茶。冷めちゃったけど、美味しさはそのままです」

ひと口飲んで話題を変えると、菱科さんは柔和な目をして私を見つめていた。その視線にもどぎまぎさせられて、私はもう一度紅茶を口に含む。

「俺は前から漠然と今の仕事がいいと思っていたんだと思う。それを決定づけたきっかけが――幸だ」

ふいうちの告白に言葉が詰まる。

不器用なりに頑張ってきた私を、そんなふうに思ってくれてうれしい。

「最高のご褒美をもらった気分です」

涙目になりながら笑顔で答えると、菱科さんは、屈託なく笑っていた。

それから、タクシーで約十分移動し、到着したのはクリスマスシーズンになると特に利用者が多くなるラグジュアリーホテル。

館内の装飾やイルミネーションもキラキラしているけれど、ホテル周辺の雰囲気が全部クリスマスムード一色で心が躍る。

チェックインをして最上階の部屋に向かう。エレベーターを降り、たどり着いた先はロイヤルスイートだった。

室内へゆっくり歩みを進めると、信じられないくらいに広い部屋に驚いた。次に、前方のパノラマウインドウに意識が向く。

「うわあ……すごい！　綺麗すぎる……」

クリスマスツリーの電飾みたいに輝く夜景に吸い込まれ、窓際まで歩く。

窓の外は東京湾やレインボーブリッジが望める、ロマンチックな景色だった。

窓に張りつく勢いでしげしげと外を眺めていると、後ろから両肩に手を置かれた。

「今夜はここに食事を運んできてもらうから、思う存分この景色を堪能できるよ」

「えっ」

そう言われ、振り返って気づく。

ダイニングテーブルには緑と赤のクリスマスカラーのテーブルクロス。そこに刺《し》繍《しゅう》の施された白のテーブルランナーが敷かれ、お皿やナプキン、カトラリーもセットされている。卓上の花もクリスマス仕様でポインセチアが飾られていた。

「頃合いを見て料理をお願いしよう」

本当、どこかのお城で開かれる食事会みたいな……ふたりで使うには広いダイニングテーブルだし、シャンパングラスとかキャンドルとか、すべてにこだわりが感じられて感嘆の息が漏れる。

「童話の中の光景みたい。おしゃれですね」

ダイニングテーブルから、おもむろに視線を菱科さんへ向ける。

「菱科さんって、本当にすごい……。どう表現していいかわかりませんが、リーズナブルで楽しいお店も知っているし、こんな非日常的なエスコートまでできちゃうし」

感動して熱い思いを伝えると、菱科さんはスッと私の左手を取って微笑んだ。

「今日は特別な日だから」

「そうなんですか？」

彼は一度頷き、私の手に視線を落とす。

「これはもしかして、俺が前にプレゼントしたものを？」

私は自分の爪を見つめ、小さく「はい」と返した。

今日は以前菱科さんがくれたネイルを塗ってきた。色はパールベージュ。

なんとなく……美有さんを意識してしまって、大人っぽいこの色を選んでしまったのだけれど。

「この色も似合ってる。うれしいよ。こうして使ってくれて」

たかが指先なのに、まじまじと見られるだけで鼓動が大きくなっていく。

くすぐったい心境で菱科さんの視線に耐える。

「こちらこそ、ありがとうございます。大事に使ってます」

艶々の爪を眺めて、心がまあるく、温かくなるのを感じる。

幸せを噛みしめていると、菱科さんがもう片方の手をポケットに入れてなにか取り出した。

「さらにプロデュースさせてもらおうかな」

頭に疑問符が浮かぶ間もなく、私の左手の薬指にエンゲージリングをはめられた。

あまりに急なことで思考が停止する。

「よかった。ぴったりだ。……幸？　困らせた？」

菱科さんがやや不安そうに私の顔を覗き込む。私はまだ声が出せず、代わりにぶんぶんと首を横に振った。

瞳に映し出されるのは、照明の光を反射させ、キラッと輝きを放つ素敵な指輪。

「なんですか、これ……。ものすごく綺麗で……信じられない」

「指輪もイメージ通り、似合ってる」

菱科さんは私の手を軽く握り、手の甲にキスをする。

「幸、これからも俺のそばで笑っていて。なにかに夢中になる幸の笑顔を、一番近くで見続けたい。結婚しよう」

本当に信じられない。

ほんの数か月前まで、私は『仕事をし続けているうちは、ひとりきりかもしれない』だなんて考えていたのに。

うれしい。だけど、私がちゃんと菱科さんを支えられるかな。頑張る気持ちはもちろんあるけど、迷惑や負担をかけないか心配でもある。

私は考えるだけで口には出さず、菱科さんをジッと見つめた。

彼は私の不安を真正面から受け止めるように、片時も目を逸らさずにこちらを見つめて動かない。

ふいに指先をきゅっと握られる。

「今日、宣言してたよな。『私が大好きな人たちが私を必要としてくれたら、私はそれで十分。多くを望みません』って」

それは、さっき美有さんの言葉に対して返した私の言葉だ。

「あのとき、俺が好きになった人はこういう人だったたって再確認した。自分以外の人を心から大切に思う君を、誰よりも大事にしたいと思ったんだ。だから俺も、幸が俺を必要としてくれたら……それで十分。それ以外はなにも望まない」

菱科さんは私の頬に手を添えて、その瞳に私だけを映し出す。

「俺を好きだと思ってくれるなら、もうなにも考えず飛び込んできて」

瞬間、燻っていた迷いも悩みも、彼のまっすぐな想いに包まれて消えていく。

その頼もしく、温かい胸に飛び込んだ。

広い背中に両手を回し幸福に浸っていると、菱科さんがぽつりと言う。

「……ああ、やっぱり『なにも望まない』っていうの訂正していい？」

「ええ？」

すぐに意見を翻すものだからおかしくて、こんな大事な場面だというのについ笑ってしまった。

菱科さんは、柔らかな表情を浮かべて言う。

「名前で呼んでほしい」

私は彼を数秒見つめ返し、小さく咳払いをする。

名前を呼ぶだけなのに、こんなにもドキドキするとは思わなかった。

「わかりました。では。……京、さん」

彼の反応はまだなく、余計に心拍数は増すばかり。

「んー、少しぎこちないなあ」

ようやく口を開いてくれたと思ったら、言われたのはこんな言葉。

「それは……仕方ないじゃないですか」

思わず照れ隠しで返すと、京さんは顎に手を添え、なにか思案する素振りを見せる。

「見方を変えれば、ぎこちない瞬間も貴重か。それなら、ちゃんと記憶に刻みつけておこう」

真面目な顔でそんなことを言われ、目を丸くする。それから、ふと冷静になって指摘した。

「意地悪で言ってますね……？」

「いいや。単に浮かれてるんだ」

『浮かれてる』と言った彼は、確かにうれしそうに顔を綻ばせていた。

彼の満たされたような表情に目を奪われていた隙に、腰を引き寄せられる。あっという間に彼の腕の中に収まった。

「大丈夫。今夜中に呼び慣れるよ、きっと」

「え？」

耳元でささやかれた言葉にピンとこず、無意識に京さんを見る。彼は唇を弓なりに上げ、艶っぽい視線を返してきた。

「夜通したくさん呼んでもらう予定だから」

今夜……夜通し……呼び慣れ……。

彼の言いたいことを察すると、恥ずかしさで顔が熱くなる。京さんは私の反応を見て、満足そうに口元を緩めていた。

私は恥ずかしさを押し込め、たまらずため息をこぼす。

「はあ……心配」

「なにが？」

首を傾げる京さんを一瞥し、ぼそっと答える。

「社内でうっかり名前を呼び間違えないかどうかです。そういう失敗をする自分が簡単に想像できるので」

これはなにかのルールに直接的に反するわけではないものの、自分の問題というか。またひとりであわあわして、最悪仕事に支障出したりして……。

「なるほど。だったら、緊張感を持たせようか？」

京さんの提案に、今度は私が首を傾げる。

「社内で呼び間違えたら、その都度なんでもひとつ言うことを聞くとか」

なんでもひとつ……。ペナルティ系の対策ということね。

「それは確かに緊張感ありますね。なんでもってところが……菱科さんがどんなことを言うか全然予想できませんし……」

無茶なことは言われないだろうけれど、どんな指令が出るのか見当もつかない。

あれこれ考えを巡らせていると、京さんがズイと顔を近づけてくる。

「逆も然り。社外で『菱科さん』って呼んだらアウト」

「えっ。ずるい、待っ……ン」

反論する間も与えられず、ふいうちで唇を重ねられる。口を離した彼は、したり顔でささやいた。

「その場合は、こうしてどこであっても口を塞いで言い間違えを指摘しよう」

「ちょっ、それは！　どこであってもって、外だったら誰かに見られちゃうでしょう。菱科さんにだってリスクが、あ……っ！」

慌てるあまり、また失言をしたことに気づいて口に手を添える。

京さんはにっこりと笑い、再び私の顔に影を落としていく。

「改めて、幸のそういうところ好きだよ」

甘いペナルティの予感に、たまらず目を瞑る。次の瞬間。

「ひゃあ！　な、なんで！」

突然抱き上げられて動揺する。さっきまで見ていた夜景も視点が変わると感じ方がまるで違う。だけど、正直今は景色なんて一瞬だけしか確認する余裕はない。

「この部屋、ベッドルームも広いから案内しようと思って」

「あ、あとでゆっくり見ますから」

「そう遠慮しないで」

京さんはわざと強引にそのまま私を抱いて歩く。

急展開に、また私の心臓がバクバクいってどうにかなりそう。

「菱……け、京さん！」

今回は途中で気づいてなんとか呼び直せたものの、彼はそんな私を見てくすくすと笑っている。これは完全に私をからかって遊んでいるやつだ。

じとっとした視線を向けると、楽しそうに目を細める彼に謝られる。

「ごめん。あんまりかわいいから」

むうっと口を尖《とが》らせるや否や、瞬く間に唇を奪われた。

「なっ、んで……呼び間違えてないのに」

何度口づけられたって、そう簡単に慣れるものではない。むしろ、今なんかはキスされるたびに胸の鼓動が速まっている気がしてそわそわする。

京さんがふいに笑った。

「ゲームは終わり。ここからは——思いのままにキスさせて」

どちらからともなく鼻梁を交差させ、最後は自ら口づける。

京さんの反応を見ると、意外だったのか静止していた。

「私からも……したいと思って」

すると、彼は私をベッドに下ろしたあと答える。

「どうぞ、好きなだけ」

私の瞳には、幸せそうに笑みをたたえる京さんが映し出されている。

彼に両腕を伸ばすと、優しいキスが待っていた。

おわり

特別書き下ろし番外編

夫婦で恋愛

約三年半前——晴れて俺は幸と夫婦となった。

あのプロポーズの数週間後のクリスマスイブに、婚姻届を提出したのだ。

婚姻届の証人欄には、俺の祖父と幸の祖母である関野ふみ子さんの署名をもらった。

以降の流れは、俺が以前幸に話した通り、トントン拍子。無事に両家への挨拶を済ませ、幸とふたりで話し合い、俺のマンションで一緒に暮らすこととなった。

結婚式についても、まずはふたりで相談をした。

幸は『もし結婚式をするなら、盛大な式よりも、こぢんまりと親族やごく親しい間柄のゲストのみで執り行いたい』と話していた。俺も正直大きな規模で式を挙げたいとは思っていなかったため、幸との意見が一致した。

それから、双方の家族それぞれに相談した結果、どちらの家族も俺たちの希望を汲んでくれた。

幸が『こぢんまりと』と言っていたのは、ふみ子さんを気にかけていたのもあった。

あのあとも、入退院を繰り返す予定だったふみ子さんの体調を気遣ってのことだ。

最終的には、冬が過ぎ、暖かくなってきた初夏に両家のみのパーティー形式で結婚式を挙げた。

ふみ子さんもその日は体調もよかったようで、最後まで笑顔で参列してくれた。

幸とふみ子さんがとてもうれしそうにしていたのが、印象的な日だった。

ちなみに、その翌月。來未さんも長らく交際していた恋人と一緒に実家に挨拶に来ていたと幸から報告を受けた。

世界中を旅するフリーカメラマンの彼とは、そもそもふたりの時間が合わないというのと、彼の職業が自由すぎる印象を与えると思って、両親に紹介するのを控えていたのだとか。

そんなふたりは、結果がどうであれ、世界最大規模のフォトコンテストが終わったら結婚をしようと決めていたらしい。

結果は最優秀賞を受賞。それが後押しにもなり、ご両親との挨拶はうまくいっていたと幸から聞いた。

晴れて來未さんも結婚し、彼女は今も変わらずＣＡとして世界中を飛び回っている。夫となった彼とは、世界各国の都市で待ち合わせをしてデートをしているんだとか。

そして、末広美有。

彼女はその後、都市開発に合わせて協力してくれる店がなかなか集まらず、苦戦していたと風の噂で知った。

そんな中、幸は結婚したあとも変わらず『新名幸』として久東百貨店で働いている。

案外俺たちの関係を知らない社員が多く、知っているのはごく一部。

幸に至っては『CEOの妻と意識されないほうが働きやすい』と、認知されていない現状を肯定的に受け止めている始末だ。

夫としてはちょっと複雑にはなったが、『幸が既婚者』ということは周知されているため、それでよしとすることにした。

……じゃなきゃ、きっと気が気じゃなくなっているだろう。

幸の気持ちはもちろん、身の振り方もまったく心配はしていない。ただ、幸は先輩後輩問わず人気があるから……。

商品管理本部の仕事にだいぶ慣れた幸は生き生きとしていて、以前にも増して輝いて見える。

どんなことにも真剣に向き合い熱心な姿は俺だけでなく、男女問わず魅了していた。

そんな彼女には、結婚して数年経ったというのに俺は今も余裕なく頭をいっぱいにさせされるのだからたまらない。

ネクタイをしめつつ、鏡越しに自分の左手にある結婚指輪に目を向ける。

身支度を済ませ、カバンを手にして玄関へ向かう。

途中、リビングのドアを通過する際に、幸に声をかけた。

「幸、行ってくるよ」

「はーい」

キッチンからの返事を聞き、再び玄関へ歩みを進める。

ちょうど靴を履き終えたとき、後方の廊下からパタパタと足音が近づいてきた。

俺は後ろを振り返り、足音の主が姿を見せるのを待つ。

「パパァ、しゃい！」

朝から大きな声で送り出してくれるのは、二歳の愛娘の円花《まどか》。

『しゃい』は『いってらっしゃい』を意味する円花の言葉だ。

俺と幸はもちろん、お互いの家族も円花の誕生をとても喜んでくれたのだが、一等喜んでいたのはふみ子さんだった。

円花を見ると、ときどきあのときのふみ子さんを思い出す。

ふみ子さんは、それはもううれしそうに目尻を下げて円花を抱いていた。そして、その数か月後にこの世を去った。

当然、幸は泣き崩れた。けれども、結婚式のときの笑顔と、孫を抱いたときのうれしそうな顔を見られたことで、どうにか悲しみを消化したようだった。

そうして少し立ち直ったあとは、これから守っていかなければならない存在の円花がいるからと、涙を拭いて前を向いていた。

そういう幸の強さを改めて目の当たりにし、俺は彼女を抱きしめた。

切ない思い出を反芻し終えたところで、まだ十キロちょっとしかない円花をひょいと抱き上げる。

「いってきます。円花も元気に遊んでくるんだよ」

「あい！」

全力で頷いて返事をする丸いほっぺの円花がかわいくて、俺は毎朝後ろ髪を引かれている。

「パパはー？」

「ん？　ああ、パパも元気にお仕事行ってくるよ」

「いいこ、いいこ～」

ふいに円花が小さな手で俺の頭を撫で始める。

あんまりかわいくて、頬が緩みっぱなしだ。

すると、幸が廊下の曲がり角からやって来て、円花に向かって両手を伸ばした。

「円花、おいで」

円花もまた幸のほうへ手を伸ばし、俺の腕から移動する。

そう。幸は出産を経て、産後約半年で職場復帰していたのだ。

円花は今ではすっかり保育園に慣れていて、毎日泣かずに登園している。俺もできる限り登園やお迎えをするようにしているけれど、どうしても幸に頼りがちだ。

「ごめん。今日も円花をよろしく。幸も気をつけて出社して」

「うん。京さんも気をつけてね」

ふたりに手を振り、自宅マンションをあとにする。

愛車でオフィスに到着し、ＣＥＯ室へ足を向けた。デスクに向かうとさっそくパソコンを立ち上げて仕事を始める。

その後、十時過ぎから午後五時頃まで外出し、再びオフィスに戻ると各部署の責任者が推薦する来夏のフェア企画案のチェックに取りかかった。

いくつか企画書を読み進め、最後の企画書のファイルを開く。

【〝久東祭〟　新名幸】

幸の名前を見て一瞬手が止まる。

今回だけでなく、幸は自分の企画案を家では一切話さない。それはどうやら遠慮しているわけではなく、彼女なりのプライドなのだろう。

マウスでスクロールして読み進める。

幸の企画内容は、簡単に言うと久東百貨店催事場にて夏祭りを開くといったもの。

とはいえ、その場で食品を調理して売り出す店はなく、類似のものや土産物などとして扱っている商品を並べるというイベントらしい。

例として挙げられているものは、SNSで話題のお土産にできるフルーツ飴や、チョコバナナ味のポップコーン、カップに入ったわたあめ……カラフルコットンキャンディなど。そのほか、輪投げや千本引き、ヨーヨー釣りを楽しめるように準備――と記載があった。

館内でのお祭りを想像し、家族で楽しむ絵が浮かんで自然と頬が緩む。

脳裏に幸と円花の顔が浮かぶ。

ああ、会いたいなあ。

腕時計をちらりと見て、今日は早く帰ろうと思ったそのとき、デスクの上のスマートフォンに着信があった。発信主は幸。

『もしもし。まだ仕事中だった?』

俺は迷わず応答する。電話越しにでも幸の声を聞くとほっとして、胸の奥が温かくなる。今日の疲れも吹き飛んで、俺は穏やかな心で答えた。

「うん。でもそろそろ帰ろうとは思ってる。幸は？」

『えっと、私は今エントランスを出たところで。今日の夕食は一緒に食べるのかどうか確認し忘れてたなって』

俺はスッと椅子から立ち上がり、スマートフォンを耳と肩で挟み、デスクにある書類を手早く片づける。

「あと十分くらい待てる？　一緒に円花を迎えに行こう」

『いいの？　それなら会社の近くのカフェで待ってる』

「了解。もう少し待ってて。すぐ向かう」

それから急いで支度を済ませ、幸が待つカフェ付近に到着したのは十五分後。

いつも一時停車させる場所に、すでに幸の姿はあった。幸は俺を見つけるなり、花が咲いたような笑顔を見せる。

幸が助手席に乗り込み、ドアを閉めた。

「待たせてごめ……」

「お疲れさまでした。どうぞ」

幸は紙袋からホットコーヒーを手に取り、俺へと差し出してきた。

「ありがとう」

紙カップを受け取りお礼を言うと、彼女は満たされたように微笑みながら、俺を見つめる。

――めちゃくちゃかわいい。

コーヒーもスリーブ越しにでも熱いくらいだ。俺が夏でもホットコーヒーを好むことを知っているのはもちろんのこと、きっと俺が迎えに来る頃を予測してギリギリにオーダーしてくれたのだろう。

それをそんな極上の笑顔で渡されたら……。

「ううん。こちらこそ。今日は京さんのおかげで円花を早く迎えに行けそ――」

幸がシートベルトをしめ終え、顔を上げた瞬間、触れるだけのキスをした。

彼女はなにが起きたのかまだ理解できていないのか、大きな目をぱちくりとさせている。その表情は円花にそっくりで、思わず相好を崩す。

「俺こそ。幸が電話くれて待っていてくれたおかげで、こうして早く会えた」

思ったことをそのまま伝えただけなのに、幸が驚いた顔をし、それから面映《おもは》ゆそうに目を細める。

車内とはいえ、まだ外だということを思い出し、平静を装って車を発進させた。

速度を上げ、保育園へ向かう道を走りながら話題を振る。

「さっき、企画書見たよ」

すると、幸は自信なさそうに首を窄める。

「あ……。どうかな。円花と一緒に過ごしてるときにひらめいて。ＣＥＯのお眼鏡《めがね》にかなう企画だったらいいんだけど」

「結果は追々。でもその前に、円花と三人で縁日に行こうか。幸の企画書見てたら、みんなで行きたくなった」

俺の提案に、幸ははにかむ。

「それはうれしいな。じゃあ、久々に浴衣着ようかな。よかったら京さんも」

信号待ちの合間に幸を見れば、照れくさそうに手をもじもじとさせている。

彼女の手を包むように左手を置き、笑顔で返す。

「ん、そうする」

普通に答えただけのはずなのに、幸の様子がおかしい。頬を赤く染め、なにか言いたげなのになかなか口を開かない。

もう一度信号を確認するも、相変わらず赤のまま。

ほっとして再び幸に視線を戻す。

「具合でも悪い？」

「いや、その……夫婦になっても旦那様に恋愛するものなんだなあって、しみじみ思ってしまって」

予想外のセリフに言葉を失う。

俺が固まっていると、幸は上目で俺を見てさらに続けた。

「だって……京さん、何年経っても私をドキドキさせるから」

最愛の妻からふいうちで最高の殺し文句を言われ、こっちのほうがどぎまぎさせられる。

幸の右手を掴み、自分の左胸に当てさせた。

「確かに。ほら、俺も」

「えっ、あ……ほんとだね……？」

手元から顔へ目線が向けられ、視線が交錯した瞬間、キスを交わす。

青信号に変わる直前、幸をまっすぐ見つめて伝えた。

「心臓がこんなふうに反応するくらい、今でも幸を愛してる。俺も、この先も幸をドキドキさせられるよう頑張るよ」

幸が恥ずかしそうに目を伏せた直後、前方の信号が青になる。

俺は名残り惜しい気持ちでハンドルを握り、前を向く。

「さあ、円花のところへ急ごうか」

「うん。そのあとは三人で買い物に行ってから帰ろう。円花、京さんと迎えに行ったらすごく喜ぶよ」

優しく穏やかな時間に、このうえない幸福感を抱く。

今日も明日も、この先もずっと、今ある幸せを守り続ける。

最愛の彼女とともに。

おわり

あとがき

初めましての方も、お久しぶりの方も、こんにちは。宇佐木です。

今こちらをお読みくださっているときは、もう冬目前でしょうか。編集作業中の今は残暑と戦っております（暑い〜！）。

今作はいつも以上に、いろいろ……いろいろございまして（主に自分のせい）、編集作業に大苦戦で……。担当様はじめ、多くの方にご迷惑をおかけしましたこと、この場を借りてお詫び申し上げます（涙）。


さて、今作のヒーロー菱科がなんだか好きな私です。

どこがと問われると明確な理由はわからなくて〝なんか好き〟……（笑）。

ちなみに、今回執筆中あたりから常飲し始めたルイボスティーも〝なんか好き〟です。だんだん美味しくなってくる感じで、いつしかやめられないという。

こんなふうに話していたら、なんだか目標にも通ずるものがある気がしてきました。

『だんだん楽しくなってきて、気づけば読むのをやめられなくなって、続けちゃう』

そんな作品を書けたらいいな……と。

『ストーリーが好き！』『このキャラクターが好き！』『雰囲気が好き！』、いろいろな感想があると思いますし、どんな感想でもなにかを感じてくださるだけでうれしいです。

その中に、『うまく言えないけれど〝なんか好き〟』があってもいい。

それも、とてもうれしいです。

まだまだ未熟な作者ではございますが、皆様には引き続き温かな心で見守っていただけたら幸いです。

最後までお付き合いくださいまして、ありがとうございました。

日頃より、心から感謝しております。

宇佐木《うさぎ》

宇佐木先生への
ファンレターのあて先

〒104-0031
東京都中央区京橋1-3-1
八重洲口大栄ビル7F
スターツ出版株式会社　書籍編集部　気付

宇佐木先生

本書へのご意見をお聞かせください

お買い上げいただき、ありがとうございます。
今後の編集の参考にさせていただきますので、
アンケートにお答えいただければ幸いです。

下記URLまたは二次元コードから
アンケートページへお入りください。
https://www.ozmall.co.jp/enquete/IndexTalkappi.aspx?id=2301

この物語はフィクションであり、
実在の人物・団体等には一切関係ありません。
本書の無断複写・転載を禁じます。

姉の身代わりでお見合いしたら、
激甘CEOの執着愛に火がつきました

2024年11月10日　初版第1刷発行

著　　者　宇佐木
©Usagi 2024

発 行 人　菊地修一
デザイン　hive & co.,ltd.
校　　正　株式会社鷗来堂
発 行 所　スターツ出版株式会社
〒104-0031
東京都中央区京橋1-3-1　八重洲口大栄ビル7F
TEL　03-6202-0386（出版マーケティンググループ）
TEL　050-5538-5679（書店様向けご注文専用ダイヤル）
URL　https://starts-pub.jp/
印 刷 所　大日本印刷株式会社

Printed in Japan

乱丁・落丁などの不良品はお取替えいたします。
上記出版マーケティンググループまでお問い合わせください。
定価はカバーに記載されています。

ISBN 978-4-8137-1661-7　C0193

ベリーズ文庫 2024年11月発売

『財界帝王は逃げ出した政略妻を猛愛で満たし尽くす【大富豪シリーズ】』佐倉伊織《さくらいおり》・著

政略結婚を控えた梢は、ひとり訪れたモルディブでリゾート開発企業で働く神木と出会い、情熱的な一夜を過ごす。彼への思いを胸に秘めつつ婚約者との顔合わせに臨むと、そこに現れたのは神木本人で…!?　愛のない政略結婚のはずが、心惹かれた彼との予想外の新婚生活に、梢は戸惑いを隠しきれず…。

ISBN 978-4-8137-1657-0／定価770円（本体700円＋税10%）

『一途な海上自衛官は溺愛ママを内緒のベビーごと包み娶る』田崎《たさき》くるみ・著

有名な華道家元の娘である清花は、カフェで知り合った海上自衛官の昴と急接近。昴との子供を身ごもるが、彼は長期間連絡が取れず、さらには両親に勘当されてしまう。その後ひとりで産み育てていたところ、突如昴が現れて…。「ずっと君を愛してる」熱を孕んだ彼の視線に清花は再び心を溶かされていき…！

ISBN 978-4-8137-1658-7／定価781円（本体710円＋税10%）

『鉄壁の女は清く正しく働きたい！なのに、敏腕社長が仕事中も溺愛してきます』高田《たかだ》ちさき・著

ド真面目でカタブツなOL沙央莉は社内で"鉄壁の女"と呼ばれている。ひょんなことから社長・大翔の元で働くことになるも、毎日振り回されてばかり！　ついには愛に目覚めた彼の溺愛猛攻が始まって…!?　自分じゃ釣り合わないと拒否する沙央莉だが「全部俺のものにする」と大翔の独占欲に翻弄されていき…！

ISBN 978-4-8137-1659-4／定価781円（本体710円＋税10%）

『冷徹無慈悲なCEOは新妻にご執心～この度、夫婦になりました。ただし、お仕事として！～』一ノ瀬千景《いちのせちかげ》・著

会社員の咲穂は世界的なCEO・櫂が率いるプロジェクトで働くことに。憧れの仕事ができると喜びも束の間、冷徹無慈悲で超毒舌な櫂に振り回されっぱなしの日々。しかも櫂とひょんなことからビジネス婚をせざるを得なくなり…!?　建前だけの結婚のはずが「誰にも譲れない」となぜか櫂の独占欲が溢れだし!?

ISBN 978-4-8137-1660-0／定価781円（本体710円＋税10%）

『姉の身代わりでお見合いしたら、激甘CEOの執着愛に火がつきました』宇佐木《うさぎ》・著

百貨店勤務の幸は姉を守るため身代わりでお見合いに行くことに。相手として現れたのは以前海外で助けてくれた京。明らかに雲の上の存在そうな彼に怖気づき逃げるように去るも、彼は幸の会社の新しいCEOだった！　「俺に夢中にさせる」なぜか溺愛全開で迫ってくる京に、幸は身も心も溶かされて——!?

ISBN 978-4-8137-1661-7／定価781円（本体710円＋税10%）